講談社文庫

禍根(上)

パトリシア・コーンウェル｜池田真紀子 訳

講談社

ステイシーに。あなたがいるからがんばれる。
そして、私が書くものは怖くて読めないという母に。

●目次

禍根（上）

●主な登場人物（禍根・上下共通）

ケイ・スカーペッタ　ヴァージニア州検屍局長
ルーシー　ケイの姪
ベントン・ウェズリー　ケイの夫。シークレットサービス捜査官。犯罪心理学者
ピート・マリーノ　元刑事
ドロシー　ケイの妹。ピートの妻。グラフィックノベル作家
オーガスト・ライアン　米連邦公園警察刑事
マギー・カットブッシュ　ケイのアシスタント
エルヴィン・レディ　ヴァージニア州保健局長官。前検屍局長
グウェン・ヘイニー　バイオメディカル研究員
ジンクス・スレーター　グウェンの元カレ
ブレイズ・フルーグ　アレクサンドリア市警巡査
グレタ・フルーグ　ブレイズの母。薬毒物鑑定官

デイナ・ディレッティ　有名キャスター
クリフ・サロウ　タウンハウスの管理人
キャミー・ラマダ　事故死とされる女性
レックス・ボネッタ　検屍局主任薬毒物鑑定官
ガブリエッラ・オノーレ　国際刑事警察機構（インターポール）事務総長
シエラ・ペイトロン　シークレットサービスサイバー調査官
クラーク・ギヴンズ　検屍局分子生物学者
ジェイク・ガナー　米国宇宙軍司令官
ジャレッド・ホートン　軌道実験モジュール乗員
チップ・オーティズ　国際宇宙ステーション（ISS）飛行士
アンニ・ジラール　チップと同
ファビアン　検屍局法医学調査官
ダグ・シュレーファー　検屍局副局長

「世の中というのはね、わかりきったことだらけなのだよ。誰もじっくりとは考えてみたことがないというだけで」

——シャーロック・ホームズ

autopsy の語源――ギリシャ語の autopsia（意味：自分の目で見ること）

1

感謝祭の週末明けの月曜日、時刻はまだ午後五時にもならないというのに、アレクサンドリアのオールド・タウンの地平線を炎の色に染めていた夕焼けは、早くも燃え尽きようとしていた。

しだいに強くなり始めた風がときおり激しく吹きつけ、ポトマック川から立ち上るもやが月を覆い隠している。木立や低木の植え込みが大きく揺れ、路面の枯れ葉は渦を巻きながらさらわれていく。雲は迫り来る敵軍のように不吉で、私が局長を務めるヴァージニア州検屍局の北部支局前に掲げられた旗は、どれもちぎれんばかりにはためいていた。

私は耐火キャビネットの前で腰をかがめ、フェイルセーフ設計のプッシュボタン錠に暗証番号を打ちこんだ。最下段の抽斗《ひきだし》から分厚いアコーディオンファイルを取り出す。ここ何ヵ月かのあいだに何度も手に取っては目を通してきた一冊だ。一九四〇年代後半に作成されたのちに機密指定を解除された公文書に特有の、かび臭く古めかしいにおいが鼻をかすめた。なかの文書は大半が黒塗りされ、内容はほとんど読み取れない。

国防総省《ペンタゴン》が招集する国家有事戦略合同会議――一般には〝終末《ドゥームズディ》委員会〟という呼び名のほうが通りがよいだろう――の次の会合に備え、頭に入れておかなくてはならない情報が山ほどある。しかしいまは、ホワイトハウスが任命する委員は、重圧に弱い人間にはとうてい務まらない。会議に向けた下調べよりもさらに差し迫った問題があった。下階の遺体保冷庫に横たえられている殺された女性のことが頭にこびりついて離れない。

遺体の切り裂かれた喉が脳裏に描き出される。両手が切断された血だらけの断面も。遺体の身元はまだ判明していない。私は彼女について何一つ知らないも同然だ。確実に知っているのは、遺体が伝えようとしている物語と、彼女はここから二キロほど北に位置するデンジャーフィールド・アイランドの線路沿いに遺棄されていたという事実、それだけだ。週末をほとんど検死に費やしたのに、彼女について新しくわかったことは何もない。

検屍局長に就任して一月《ひとつき》足らず。その短期間に、たちの悪い問題が次から次へと表面化した。妨害や敵意にも遭った。私が新しい職場で歓迎されていないというだけならまだいい。前任者の怠慢の後始末を体よく押しつけられたも同然だった。今日の仕事はここまでとすることにして白衣を脱ぎ、デスクチェアの背にかけ、顕微鏡に覆いをした。どこか遠くで雷鳴が轟《とどろ》き、稲妻が雲を白く輝かせた。

二階の角にあるこの局長室は、天気の急変が引き起こすドラマを眺める特等席だ。街灯が明滅しながら一つ、また一つと灯《とも》っておぼろな光を広げるなか、法医学ラボと共用の駐車場はたちどころに空っぽになる。数十人の技官や医師や職員が急ぎ足で車に乗りこみ、私のオフィスの窓ガラスを雨粒が叩《たた》き始める。

大半の職員とはまだ顔を合わせてさえいないし、遠い昔に私がこの州で働いていたことを覚えていない人も多い。ミレニアル世代の職員など、私が女性初のヴァージニア州検屍局長に就任したころにはまだ、生まれてさえいなかった。私は州検屍局長を十年以上にわたって務めたのち、新天地を求めた。もう二度とここに戻ることはないつもりでいた。なのに、まさかふたたびヴァージニア州に戻ることになろうとは。これが人生最大の誤りでないことを願うばかりだ。

壁掛けの液晶モニターに建物の内外の映像が表示されている。ちょうどいま、夜勤の警備員が広々とした搬出入ベイを通り抜けていこうとしていた。警備員はあくびをし、ぼんやりと体を掻《か》いている。頭上の監視カメラの存在を忘れているようなその姿を見ていると、自分が亡霊やスパイにでもなった気がする。六十代のその警備員のフアーストネームがワイアットであることは知っているが、ラストネームまでは知らない。

ポケットに茶色の蓋がついた、保安官の制服を思わせるカーキ色の上下を着たワイアットは、コンクリート敷きのスロープを上って建物への入口前まで来ると、コンクリートブロック壁のボタンを押した。排気ガスの雲を残して霊柩車《れいきゅうしゃ》が搬出入ベイを出ていき、どっしりとした扉が閉まり始めた。遺体の引き取り予定から推測するに、あの霊柩車に載せられているのはフェアファクス郡で見つかった自殺者だろう。

「ドクター・スカーペッタ?」ドアが開いて、私の思索は中断された。何かと差し出がましいイギリス出身のアシスタントが、すぐ隣の自分のオフィスから顔をのぞかせる。「お邪魔して申し訳ありません」申し訳ないなんて、これっぽっちも思っていないくせに。いつもノック一つせずにいきなりドアを開けるような人なのだ。

「そろそろ帰ろうと思っていたところ。あなたももう帰ったほうがいいわ」私は窓から窓へと歩きながらブラインドを閉めて回った。

「たったいまオーガスト・ライアンから電話がありました」アシスタントはそう報告した。「何か新しい展開があって、先生の助言をいただきたいそうです」

「保冷庫で預かっている女性の件かしら」きっとそうだろう。連邦公園警察の刑事ライアンとは、金曜の夜に話したきりだった。

ようやく何か新しい情報が入ったのであればいい。今回の案件はマスコミの関心を集め始めており、ネット上には事実無根の噂《うわさ》や憶測があふれている。とにもかくにも被害者の身元が判明しないかぎり、暴力犯罪の解決はまず不可能だ。

「彼とどこかで会っていただきたいのですが」私のアシスタントは、部下に指示するような口調で言った。

いつもどおりツイード風のスカートスーツにローファーを合わせ、鋼のような灰色の髪を一九五〇年代風のスタイルにしたマギー・カットブッシュは、尖《とが》った鼻の先にちょこんと載せたメタルフレームの眼鏡の上から非難がましい目を私に向けた。

「どんな用件――」私は尋ねようとした。

「それは本人から聞いてください」マギーにさえぎられた。

「私に電話をつないでくれればよかったんじゃない？　それを言ったら、ライアンから私に直接電話をくれてもよかったでしょうに。金曜の夜、現場で会ったとき携帯の番号を教えてあるんだから」

「オーガストと私はもう何年も仕事でやりとりをしています。礼儀を重んじる人ですから、先に私に確認してくれたんですよ。先生には、車に乗ってからまた直接電話すると言っていました」マギーは思わず聞《き》き惚《ほ》れてしまうようなロンドンのアクセントで言った。ただし、その声には上司に対する敬意は微塵《みじん》も含まれていない。むろん、マイアミの貧しい地域で育ったイタリア移民二世に対する敬意などあろうはずがない。私はコートかけから自分のコートを取った。一刻も早くここを出たい。といってもそれは、マギーの相手をしたくないからではないし、悪天候が理由でもなかった。今日は姪《めい》のルーシーの誕生日なのだ。この一年に起きたことを思うと、重苦しい誕生日ではある。今夜は自宅で身内だけで静かに祝うつもりで準備を進めていた。

「ドクター・レディの取り柄の一つは、他人にまかせるべき場面をわきまえていらっしゃることです」マギーの説教はまだ終わっていないらしい。「ハロウィーンのお菓子じゃあるまいし、自分の電話番号をやたらに配って歩いたりなんてなさいませんでした」まるで私がやたらに配り歩いているような言い草だ。「警察の言うなりに動いたりはしないと、ご自分の立場を明確にされていたわけです。そのお手本から学んではいかがですか」

マギーは何かにつけて前の上司の話を持ち出さずにはいられない。私が局長職を引き継いだ経緯は、ほとんど詐欺だった。いや、おとり商法とでも言うほうが的を射ているだろうか。マサチューセッツから移ってきたあとになって、宣伝に偽りがあったらしいとわかった。見える景色が瞬時に一変した。

前局長のエルヴィン・レディは州の公職を離れて民間の会社に移籍する――本人からも、州の高官からもそう聞いていたが、実際はそうではないとわかったときは、すでに手遅れだった。レディはヴァージニア州保健局長官に任命された。州民の健康と安全に責任を負う全部局を監督するポジションだ。

それには検屍局も含まれる。つまり、いざというときは私はエルヴィン・レディの支配下に置かれるわけで、これほど巧妙な政治トリックは聞いたことがない。

「お気づきのこととは思いますが、人って自分は特別だと簡単に思いこんでしまうものです」マギーは皮肉めいた調子で言った。「調査官の誰かを同行させるのがよろしいかと。今夜の当直はファビアンです。ついさっき見たときは自分の席にいましたよ」

「どんな用件なのかにもよるけれど」私は応じる。「同行してもらう必要はないんじゃないかしら。私一人で対応できると思う」

濾過水《ろか》のスプレーボトルを探す。会議テーブルそばの棚にあった。

「そもそも先生ご自身が出向くのは賢明ではありません。しかも一人きりでなんて。着任早々にそのような前例を作るべきではないでしょう」マギーの口調は、相手の世間知らずをたしなめるようだった。

「私のためを思って言ってくれているのよね、それはわかるわ」私は無作法に聞こえないように気を遣った。いやみに聞こえてもいけない。

「ええ、もちろんそうですよ」マギーは二つのオフィスをつなぐ戸口をふさぐように立ち、私はまだ荷ほどきしていない、書籍などの私物の詰まった箱の山をよけた。

「私の流儀がお気に召さないんでしょうけれど」私はカシワバゴムノキやランの鉢植えに水をスプレーしながら言った。「私は形式にこだわる人間ではないの。本人がそう言っているんだから、周囲が形式にこだわる必要はないわ」

検屍局長への復帰を請われた最大の理由に気づかずにいるふりなどできない。無責任に放置された案件や対応を誤った案件の多さときたら。とりわけここヴァージニア北部支局は、首都との近さに起因する独特の問題を抱えている。

この支局は、国防総省から十キロ圏内に位置している。局長職を受諾する条件として、私はアレクサンドリア市内にある北部支局での勤務を希望した。夫と私は連邦政府の仕事をいくつも抱えている。ワシントンDCにすぐに行けることが重要なのだ。

「私の協力が必要になったら」私は以前も話したのと同じことをマギーに繰り返す。「私はそのためにいるわけだから、警察の人たちもいちいちあなたを通す必要はないの」

「ルーシーの誕生祝いの集まりは延期したほうがいいでしょうね」マギーは唐突に話題を変えた。「ベントン、ピート・マリーノ、妹さん。ほかには？　私から連絡しておきます」

「それだけよ。そうね、延期したほうがよさそう」周囲の期待を裏切ってばかりいる私は、未来永劫《えいごう》、申し訳ないと思い続けるのだろう。

しかし暴力や無意味な悲劇は相手やタイミングを選ばないし、誰かが対処しなくてはならない。私は自分のデスクに戻り、これまで何度もそうしたように、かならずルーシーにこの埋め合わせをしようと胸に誓った。

「さぞつらいでしょうね」マギーは同情を装い、暗い表情で首を振る。「パートナーと養子の息子さんを亡くしたなんて」私は姪の話をしたいと思わないし、姪がいま私の家で暮らしている理由を語るつもりもない。「ああいうライフスタイルはよく理解できませんけど、悲しみに沈んだ人たちにとってこの季節はとりわけこたえるでしょうから」

「待っていてくれなくていいのよ」私はマギーの無神経さに目をつぶり、もう帰ってかまわない、風と雨が強いから運転に気をつけてと伝える。「オーガスト・ライアンの用件は私が聞くから」

遺体保冷庫に横たわっている女性の殺害に関して、何か手がかりが見つかったのであればいいが。鋭利な刃物で頸動脈《けいどうみゃく》を切断されて失血死したことまでは、法医学者でなくたってわかる。被害者の正確な年齢は不明だ。二十代後半から三十代前半といったところか。背後から頭部を殴打され、喉の切創は背骨まで届いていた。

先週の金曜の夜、悪天候のなか、私はデンジャーフィールド・アイランドの閑散とした森の奥で現場を検証した。拡大鏡を片手に遺体を隅々まで観察している横で、雨粒が枕木を激しく叩いていてクレオソート処理された木材のにおいが立ち上ってきそうだった。周辺を捜索する制服警官の大型懐中電灯の光の条《すじ》が、まるでレーザーショーのように黒い闇を切り裂いていた。

捜索で見つかったのは、平たくなった一セント硬貨一つだけだった。午後七時の通勤列車に轢《ひ》かれてつぶれたのだろう。線路脇に転がった裸のマネキンを思わせる物体を見つけたのは、その列車の運転士だった。

「先に謝らせてください」電話をかけてきたオーガスト・ライアンは、南部人らしいゆっくりとした話し方で言った。「先生の夜の予定をぶち壊すことになりそうですし、この嵐のなか車で来ていただくのは心苦しいですから。でも、さっきマギーにも言いましたが、重要なことなのでお願いする次第です」

「どんなご用かしら」私はモレスキンのポケットサイズのノートに日付と時刻を書きこんだ。

「行方不明者がいましてね。いやな予感がします」連邦公園警察の刑事ライアンは、即座に本題を切り出す。

「ごめんなさい、これは金曜の夜に起きた事件の話？」私は訊《き》き返す。「その行方不明者が、いまうちの保冷庫で預かっている殺害された女性かもしれないということ？」

「その可能性がありそうです。連絡が取れない住民の安否確認のために訪問したアレクサンドリア市警から、私のほうに連絡がありました。いま、先生のお住まいの近所に向かっています——ウォーターフロントのコロニアル・ランディングに」ライアンがそう言うのを聞いて、私は驚いた。

コロニアル・ランディングならよく知っている。タウンハウスが何棟か集まる高級コンドミニアムで、ピート・マリーノと私の妹ドロシーもそこに住んでいる。ベントンと私が購入し、目下修繕中の古い邸宅からは、歩いてすぐの距離だ。そしてルーシーも私たちの家の敷地《しきち》内にあるゲストハウスに住んでいる。ついに全員がすぐ近所に集まって安全に暮らせる日が来たのだ。少なくとも私はそのつもりでいるが、どこで暮らそうと、暴力に巻きこまれる心配はゼロにはできない。

それでもアレクサンドリアの旧市街《オールド・タウン》では暴力事件はまれだ。殺人事件などめったに起きない。私が調べた統計によれば、平均すれば年に一件程度で、たいがいは強盗や家庭内の諍《いさか》いが最悪の事態に発展した結果だ。レイプや暴行事件もほとんどなく、オールド・タウンの住民が心配するのは、空き巣と自動車泥棒くらいのものだ。

「グウェン・ヘイニー」オーガストが行方不明者の名を告げた。「三十三歳、トール研究所のバイオメディカル研究員。そちらから三十キロくらい北東に行ったヴィエナにある研究所です。ほら、州間高速九五号線沿いに集まっているテック系大企業のうちの一つですよ」

「トール研究所なら知っている。評判だけはよく聞くから。その女性の仕事内容は？」私はノートにメモを取りながら訊いた。

「研究所長と話をしたんですが、詳しい内容は教えてくれませんでした。特別なプロジェクトに携わっている研究員だということくらいで。先生もご存じかもしれませんが、あの研究所のプロジェクトは政府関連の、機密に指定されているものが多いんです」

「ヒトの皮膚や臓器、血管、耳なんかを3Dプリンターで作成するプロジェクトとか」私は具体例を挙げる。

「それ、本当ですか」

「SFみたいに聞こえるけど、すでに現実になっているのよ」

「そうやって人生はややこしく、警察の仕事は困難になるわけですね」オーガストは言った。私と彼は知り合ってまだ間もない。

オーガストとは先週金曜の夜に一度会ったきりだ。冷静沈着で世渡り上手な人物という印象だった。よく言えば控えめ。本心が読みにくい。離婚したばかりで子供はいない。多忙で、社交の暇はなさそうだ。

「だって、人工の皮膚からどうやってDNAを採取するんです？　指紋はあるんですか？」スピーカーフォンの向こうでオーガストがそう続けた。

「心配はわかるけど、まだまだ先の話よ」私は言った。「トール研究所が最後にグウエンと連絡を取ったのはいつ？」

「感謝祭当日を最後に、一度も連絡がついていないようです。今日は出勤せず、電話にも出ない。ちなみに、いまのところ携帯電話の所在は不明です」

オーガストは続けて、不審に思った研究所長が九一一に通報したのだと説明した。それを受けて制服警官が安否確認のためグウェンの自宅を訪問したが、玄関は施錠されており、なかから人の気配は伝わってこなかった。

「訪問したのはフルーグ巡査です」オーガストは、フルーグ巡査は知っているかと尋ねた。

倹約家《フルーガル》と似た綴《つづ》りのフルーグ。珍しい姓だが、過去に同姓の知り合いが一人いる。ひょっとしたらその巡査は、かつてリッチモンド時代に私が一緒に仕事をした経験がある人物、毀誉褒貶《きよほうへん》相なかばする薬毒物鑑定官の血縁者か――考えるより先にそう尋ねていた。

「そうです」オーガストが言う。「ブレイズ・フルーグはその鑑定官のお嬢さんです。金曜の夜も、短時間ですが現場にいました。通報を受けて最初に駆けつけたのは彼女でしたから」

アレクサンドリア市警のブレイズ・フルーグ巡査は、遺体の発見時、ふだんどおりにパトロール中だった。そこに無線連絡が入って現場に向かったが、私が到着したときには、すでに引き上げたあとだった。現場に誰と誰がいたのか、私はまったく把握していない。私が遺体を調べているあいだ、公園を大勢の警察官が出入りしていた。

「上昇志向が強いうえに自信家でしてね。始末の悪いタイプです」オーガストが続ける。私が手首に巻いているフィットネストラッカーが振動し、メッセージやメールの着信をさかんに知らせている。「彼女には用心したほうがいい。現代のシャーロック・ホームズ気取りでいますからね。言っておきますが、そこまで有能じゃありません」

「つまりこういうこと？」私は応じる。「人が死んでいるという通報を受けて、フルーグ巡査はデンジャーフィールド・アイランドに最初に駆けつけた。そして今日は、その事件に関係しているかもしれない行方不明者の安否確認に出向いた。神出鬼没と言われてもしかたがないわね」

「仕事しかやることがないんでしょう。はっきり言ってしまえば」

「コロニアル・ランディングの安否確認の結果は？」

「巡査によると、管理人にグウェン・ヘイニーの部屋の鍵を開けてもらったところ、屋内で何らかの暴力沙汰が起きたのは明らかだそうで」スピーカーフォン越しにオーガストの話を聞きながら、私はベントンから送られてきたメッセージを手早く確認する。

マギーから連絡があった、遅くなってしまったがいま家に向かっているところだという内容だった。私は違和感を抱いた。今日、外出の予定があるとは聞いていない。終日リモートワークのはずだった。私はベントンに短い返事を送った――何かあったの？　そのあいだもオーガストは、フルーグ巡査が現場の室内で見たものを説明している。

2

「キッチンテーブルにバックパックが置きっぱなしでした。なかの財布や鍵はそのままで、物色の形跡はないそうです。ただ、さっきも話したように、携帯電話は見つかっていません」オーガストが説明を続ける。私はデスクから立ち上がった。「最後の発着信がいつだったか、相手は誰だったか、携帯電話会社に問い合わせるところです」

「車は？」私はこのオフィス専用のバスルームに入った。着替えはそこに置いてある。

「どうやら週に数日は自宅で仕事をしていたようですね」バスルームを歩き回る私をオーガストの声が追いかけてくる。「研究所に出勤する日は、同僚の車に乗せてもらうか、配車サービスを利用するかしていたようです。本人名義で登録された車両はありません」

「珍しいわね」私はそう応じる。ベントンからのメッセージが届く。〈予定外の会議を終えて帰宅途中〉

「グウェンについてほかには何がわかっている?」私は靴とスラックスを脱いだ。

「もう一つ珍しいことがありまして」オーガストが言う。「名前をグーグル検索しても、何も引っかからないんですよ。この世に存在しないみたいに」

「ソーシャルメディアも検索した?」私はスーツをハンガーにかけた。

「ええ、何一つ出てきません。ツイッターのアカウント一つ持っていない。ニュース記事もヒットしませんでした。ネット上には何もないんです」

「室内に写真はあった? 額入りの写真とか。アルバムは? グウェン本人らしき写真がどこかにないの?」トイレの蓋に座り、暖かいソックスを履く。「グウェンの容貌はわかる?」

殺人の被害者の顔を思い浮かべた。髪は茶色で長い。体つきはスポーツ選手のように引き締まっていた。人目を引く容姿だったのではないか。断定はできないとしても。

「私もフルーグ巡査に訊きましたが、これまでのところ写真は見つかっていないとの返事でした。勤務先の所長によれば、身長は百六十センチを少し超えるかどうかくらい」オーガストが言い、私は黒いカーゴパンツに脚を入れる。「体重は五十五キロ程度。瞳の色は茶、髪も茶色で、肩くらいまでの長さ」

「ほぼ一致しているようだけれど、その条件に当てはまる人はほかにも大勢いそうね」私は言う。立場上、軽率に決めつけるわけにはいかない。

被害者の身元を特定できれば一番いい。一方で、グウェン・ヘイニーであろうとほかの誰であろうと、そもそも殺されるような目に遭わずにすんだのなら、どれほどよかったかとも思う。

「運転免許証の電子データのコピーがあります」オーガストが言った。「顔写真はだいぶ前のものに見えます。髪が極端に短いし、ブロンドですから。生年月日は一九八八年六月五日。身長百六十三センチ。所長の証言とほぼ一致します。しかし、体重は十五キロくらい多い。同一人物とは断定しかねますね。タウンハウスは短期賃貸契約で借りていて、荷物はほとんどありません」

「タトゥーは入れていた？」私はブーツを履いた。

「研究所の所長によると、見える範囲では入れていなかったそうです。殺害された女性の体に入っていたタトゥーの件は、こちらからは話していません」

「グウェンがオールド・タウンに仮住まいしていた事情はわかっている？」私は靴紐《くつひも》を二重の蝶結《ちょうむす》びにしようとしながら訊く。

「聞くかぎりでは、トール研究所で働き始めたばかりのようです。長く勤務できそうだとわかるまで、長期契約をしたくなかったと。部屋を短期契約したときも、即座に入居できることを優先したらしいです」

「その前はどこに住んでいたの？」私は黒い長袖のタクティカルシャツを着た。シャツには、医術の象徴である杖《つえ》と正義の秤《はかり》が青と金と赤の糸で縫い取られた検屍局の紋章がついている。

「ボストンです」オーガストが答え、私はボタンを留めながらバスルームを出た。「写真をメールしておきました。フルーグ巡査が送ってきた写真で、タウンハウスの玄関にあった重さ四・五キロのダンベルを撮影したものです。ドアストッパーにでも使っていたならともかく、そんなところに置いておくのは奇妙ですよね」

「いまその写真を開くところ」私はメールを開封しながら言った。

ダンベルは、全体が丸くて底が平らな〝ケトルベル〟と呼ばれる形のもので、色は青、艶《つや》やかなステンレスのループハンドルがついている。そのダンベルが、玄関左側の板張りの床に横倒しに転がっている。暴行犯はこれを使ってグウェンの後頭部を殴打したんでしょうかねとオーガストが言う。

「金曜夜に殺害された女性とグウェンが同一人物であると仮定しての話ですが」オーガストはそう付け加えた。

「フルーグ巡査は何も動かしていないのよね？」私は携帯電話に表示された写真を拡大する。

「バックパックを検《あらた》めた以外は何も触っていないと本人は言っていました。屋内を確認したときも、マスクと手袋を着けて慎重を期したと。本人はそう言っています」

「そのあとは？」

「そのあとは、鑑識チームが来るまで現場で待機していたそうです。鑑識は現場をざっと見て回って、動画と写真を撮影しました。物証の捜索と採集にかかるのは、先生と私が現場を見たあとです」

「そもそも、そこが犯罪の現場とまだ決まったわけではない」私は何より明白な論点を指摘した。

行方不明だったバイオメディカル研究員が何も知らずに帰宅すると、大勢の警察官がいて家中をひっくり返していた――私はそんな光景を思い描く。しかも、そのうちの一人が検屍官だったら？　着任早々、そんな事態は避けたい。そうでなくてもトラブルだらけだというのに。

「捜索令状を申請するだけの根拠はありそう？」私はオーガストに尋ねた。

「令状は一時間後に出ます」

「暴力事件が起きたと考える理由は何？」キャビネットの扉を開け、現場にいつも持っていく黒いペリカンのケースを引き出した。「格闘の痕跡でもあるの？」

「ガレージで血痕らしきものが見つかっていますし、リビングルームの家具の位置が変わっているようです。先生も現場にいらっしゃったほうがいいと思います」オーガストは言い、通話を終えた。

コートを着て、オフィスの戸締まりをし、閉ざされたドアが並んだ窓のない廊下を歩く。壁と床は淡い灰色で、照明は暗い。警備員のワイアットがちょうどエレベーターから降りてきて、こちらに歩き出した。抱えている袋はおそらく夕飯だろう。

「お疲れさま」私は声をかけた。「夜勤のあいだ、何もないといいわね」

「夜はいつだって静かなもんですよ、局長。怖いくらい静かだ」ワイアットは左手の休憩室に入った。当直の法医学調査官ファビアンが先にいて、フレンチプレスでコーヒーを淹《い》れていた。

ファビアンは私が着ているのと同じ現場用の制服姿だった。こちらとしては、いまこのタイミングでファビアンと出くわしたくない。私の行き先が現場であることは一目でわかる。ペリカンの大型ケースを提げているのだから。一緒に来られては困る。行きますと言い出されたくない。

「一人で現場に行くのはやめたほうが」ファビアンが言った。マギーから聞いているのだろう。「ついさっき、マギーが帰ろうとしてるところで会ったんです。タウンハウスには僕が一緒に行ったほうがいいんじゃないかって言われました。僕ならすぐに出られますよ。コーヒーは持っていけばいい。局長もいかがです？」

「いいえ、けっこう」

オーガストは用件をマギーに詳しく伝えていたのだ。よけいなことをしてくれたものだ。マギーはそれをファビアンに話し、まるで自分にその権限があるかのように指示を与えた。いったい何様のつもりなのか。

「本当にいいんですか。僕が運転しますよ」ファビアンは笑顔を見せた。その気になれば、ふだん以上に感じよくふるまえる。それは認めよう。

この検屍局に来る前はルイジアナ州で医療助手をしていたファビアンは、二十代後半、たくさんのシルバーアクセサリーとタトゥー、繊細な顔立ちに歌手のシェールを思わせる漆黒のロングヘア。そのままゴス系のファッションモデルになれそうな風貌だ。この検屍局に調査官は三人いるが、ファビアンは抜きん出て優秀だった。ほかの一人は定年退職を間近に控えていて、もう一人はとりたてて褒めるところがない。

「運転手役が必要なときはちゃんとお願いするわ」私はファビアンに言った。「でも今日はけっこうよ」

「搬入があるとは聞いていませんよ」ワイアットが疑わしげな目を私に向け、電子レンジの音に負けじと声を張り上げた。「今夜はもう予定がないはずでしたよね」

「ええ、いまのところは。このまま何もないことを祈りましょう」私は答える。

「局長がこれから行く現場は、線路脇で発見された殺人の被害者に関係していそうですよね」ファビアンは濃いめに淹れたコーヒーをカップに注いだ。バトンルージュに住むお母さんから定期的に届くというチコリブレンドのコーヒーのスモーキーな香りが広がった。

「そうかもしれない」私は言った。私の領分に土足で踏みこみ、あれこれ詮索してもかまわないと全員が思いこんでいるらしいのは、いったいどういうわけなのか。

「局長にわざわざ来てもらうほど重要な現場だと警察が考えているとすれば」ファビアンは例によってアガベシロップをコーヒーに加えてかき混ぜた。「僕が手伝ったほうがいいのでは？　僕はその事件と完全に無関係ってわけじゃないですし」

ファビアンは金曜の夜に手伝ってくれたが、だからといって今回も来てもらう必要はない。指揮官が外界を締め出して無関心をきめこむとどのような結果を招くことになるか。これもまたその一例にすぎない。エルヴィン・レディは、何をしても許されるという甘えを蔓延《まんえん》させたのだ。

ファビアンとワイアットに、じゃあまた明日と告げて、ふたたび廊下を歩き出した。新型コロナウィルスの流行以降、できるかぎりエレベーターは使わないようにしている。階段室のコンクリート壁にブーツの足音が鈍くこだまする。一階に下り、のぞき窓のない非常口の扉を開けて、その階の廊下を歩き出した。この廊下は病院のそれのように真っ白で、照明はまぶしいくらい明るい。人の気配はなかった。少なくとも、生きた人間の気配はない。

ＣＴ検査室には鍵がかかっている。扉の外側のランプは緑色に光っていた。放射線技師はすでに帰宅している。解剖室は無人だった。ステンレスの解剖台やワゴン、カウンターはぴかぴかに磨き上げられて次の案件を待っている。新たな案件が途切れることはない。事故や殺人事件はかならずまた起きるし、誰かがまた命を絶ち、あるいは突然死して、遺《のこ》された人々の人生を永遠に変える。

人類学ラボにさしかかると、肉を取り除くため、漂白剤を加えた湯で何日もかけて煮沸されている骨が静かにぶつかり合う音が聞こえてきた。廊下側に並んだ見学窓から室内をのぞく。可動式レンジの上で、十八リットルサイズのスープ鍋が湯気を立てていた。なかで煮沸されているのは、先週、ハンターが発見した、腐敗して白骨化しかけた遺体だ。

　別の見学窓からは証拠物件保管室のなかが見える。テーブルに広げられた紙の上に、遺体が履いていた腐りかけのブーツと着衣、マールボロ煙草《たばこ》のパック、ファイアボール・ウィスキーの一パイント瓶、財布とその中身が並べられていた。死因や死に至った経緯はまだはっきりしていない。遺体は退職した整備工のもので、フォートベルボアールの自宅を警察が捜索した結果から推定するに、一年ほど前に亡くなったのではないかと思われる。

　遺体の保管エリアに入る。業務用の脱臭剤の強烈なにおいが充満していた。私はウォークイン式の遺体保冷庫の前にあったカートに鑑識ケースとブリーフケースを置いた。デジタルモニターに庫内温度などの情報が表示されている。ちなみに、アプリからも同じ情報を確認できる。すべてが正常な数値を示していた。私は検査手袋と医療用マスクを着けた。

　十五センチのプラスチック定規を探し、追加で写真を撮影する場合に備え、携帯電話を抗菌仕様の保護ケースに入れた。保冷庫のステンレス扉を開けてなかに入る。悪臭まじりの冷たい風が大きな音を立てて吹き出した。奥の隅のストレッチャーに載った黒い遺体袋が彼女だ。足の親指につけられたタグには〈11／26〉という日付と〈デンジャーフィールド・アイランド線路脇〉という発見場所だけがにじんだインクで走り書きされている。

厚手のビニールでできた遺体袋のファスナーを途中まで下ろす。殺された女性の顔は、数日前に私が解剖したときより状態が悪化していた。青ざめた血の気のない肌が、擦過傷や打撲傷の赤みをいっそう濃く見せている。傷周辺に生活反応が認められるのは、傷を負ったあとも、殺害した人物の手によって完全に息の根を止められるまで、被害者が生きていたことを示している。

性的暴行の明らかな痕跡はないが、それ自体にさほどの意味はない。これが性的な動機による殺人であること、犯人の目的が被害者の征服にあったことに疑問の余地はない。被害者は加害者と知り合いではなかったが、初めはその人物を信頼したのではないか。そうでないなら、被害者の自宅なのか、あるいは別の場所なのか、ともかく被害者がいた場所に犯人がどうやって入りこんだのか、説明がつかない。

被害者が息絶えたあと、犯人は遺体の服を脱がせて線路脇に遺棄し、次に通りかかる列車の乗客をショッキングな見世物で恐怖に陥れようとした。脳内に悪夢のデータベースを備えているような犯罪心理学者の私の夫に言わせれば、犯人の目的はそれだ。そしておそらく、夫の推測は当たっている。ベントンの推測はめったにはずれない。被害者の遺体は、わざわざ人目につく場所を選んで遺棄されたと考えて間違いないだろう。私は被害者の顔の写真を撮った。

白く濁った目の瞳孔は散大したまま動かない。唇は紫がかった青色をしてひび割れている。ぱっくりと開いた首の傷は暗い赤色をして乾いている。頭を軽く持ち上げて横を向かせると、冷えきった腐敗のにおいが鼻をかすめた。私が現場で遺体を調べた時点では、死後まだ間もなく、四肢は硬直を始めたばかりだった。

それ以降、死後硬直はピークを迎えたあとにふたたび解け、いまは筋肉が完全にゆるんでいる。必然の運命に抗《あらが》うのに疲れたとでもいうようだ。毛髪を剃《そ》り落《お》とした後頭部は冷たく、一撃で陥没骨折した周囲にニトリル手袋をはめた手で触れると、ぬかるんだ地面のようにへこんだ。凶器はさっき写真で見たケトルベルとも考えられる。

現場でダンベルをよく調べれば、もう少し確かなことが言えるだろう。

頭皮の挫傷と裂傷のある箇所は直径およそ十センチの円形で、ケトルベルの形状と一致する。何が使われたにせよ、殴打と同時に被害者は体の自由を奪われたことだろう。

そのあとは、歩くことも話すこともできなかっただろう。後頭部の外傷が直接の死因ではないとしても、遠因にはなったかもしれない。殴打の腫れと内出血では死ななかったが、鋸歯状《きよしじよう》ではない何らかの刃物で喉を切り裂かれてついに息絶えた。

死後、両手が切り落とされた。つまり、指紋はない。切り落とした理由はそれとも考えられる。身元を特定する手段は指紋だけではないが、それでもこれまでのところ身元は判明していない。彼女はＦＢＩの統合ＤＮＡインデックス・システム（通称ＣＯＤＩＳ）には登録されていなかった。しかし、ＤＮＡ家系図サービスを活用すれば身元が判明するかもしれない。

私が現場で収集したほかの物的証拠から重大な手がかりが得られる可能性もある。大半は微細証拠で、錆《さび》や木材、多様な無機化合物など、バラスト敷きの線路で採取されても不思議のないものばかりだ。ほかに、頭髪を含む遺体全体に、大量の繊維が付着していた。その由来はおそらく、殺害犯が運搬する際に遺体をくるんだ布ではないか。

たとえば合成繊維で作られた多色の毛布だ。被害者はまず屋内で襲われただろう。パニックに陥った彼女の姿が思い浮かぶ。あちこちにぶつかりながら犯人の手を逃れようとするが、まもなく殴りつけられて意識を失う。

犯人はそのあと彼女を別の場所に運び、そこでとどめを刺す。おそらく遺体の発見現場となった線路の近くだ。金曜の夜の捜索では、現場周辺から証拠らしい証拠は一つとして発見できなかった。しかしその夜は激しい雨が降っていたから、血痕は洗い流されてしまっただろうし、鬱蒼《うっそう》とした木々に覆われた公園は広大で、そもそも見つけるのは不可能に近い。

さらに数枚の写真を撮ってから遺体袋のファスナーを閉め、手袋をはずした。この悲しみのクリニックのほかの患者が横たえられているストレッチャーのあいだを縫うように歩く。保冷庫を出て、個人防護具《PPE》を脱いだ。すべてをまとめて赤いバイオハザード廃棄袋に入れ、手指消毒薬をたっぷり使ってから、持ち物を回収した。

警備室の前を通り過ぎる。防弾ガラスの窓口の奥にワイアットの姿はない。休憩室にこもって、そこの液晶モニターで防犯カメラ映像を監視しているのだろう。ワイアットは死体の保管エリアを嫌っている。夜間となればなおさらだ。ここを嫌がる人は多いが、私にはばかげて聞こえる。人に危害を加えるのは死者ではないのだから。

遺体運搬車が出入りする搬出入ベイを通って建物を出た。小さな航空機格納庫ほどの広さがある搬出入ベイは無人だった。検屍局の緊急車両が一台駐まっているだけだ。そのそばにゾディアックのゴムボートが一艘《そう》と高耐久・耐水性の遺体収容袋、使い捨てのシート、大量の消毒薬など、遺体回収に必要な物品が備えられている。

ベージュのエポキシ樹脂塗りの床は、清掃に使った水でまだ濡《ぬ》れていて、ブーツの底が吸いつくような音を立てた。コートのファスナーを喉もとまで上げてフードをかぶり、屋外に出る通用口のドアを開けた。その瞬間、いまにも襲いかかってきそうな黒い闇の奥から、ターボエンジンの野太い音が聞こえて、私はぎくりとした。

3

ピート・マリーノが運転するブラックアウト仕様のフォード・ラプター・ピックアップトラックがそろそろと近づいてきた。私は土砂降りの雨のなか、搬出入ベイの歩行者用ドアの脇で待つ。局長専用として確保されているスペースに駐まっている私の通勤用のスバル車を、マリーノの車のヘッドライトが照らし出した。この一月《ひとつき》で、検屍局長の役得はどうやら、専用駐車スペースを使えることだけらしいとわかり始めていた。

「乗れよ、先生。こんな雨のなか、自分で運転させるわけにはいかねえからな」下ろしたウィンドウ越しにマリーノが大きな声で言う。これほど浮き足だったマリーノを見たのは久しぶりだ。ひょっとしたら彼の結婚式以来かもしれない。

つるりとした頭にニット帽をかぶり、カモフラージュ柄のハンティングジャケットの下に防弾チョッキを着たマリーノの顔は、本人のお気に入りの言い回しを借りるなら、〝心臓発作なみに深刻〟だ。マギーから連絡が行っているのだろう。私が足止めを食い、ルーシーの誕生祝いを延期する羽目になったことがすでに伝わっているのだ。

　そうだとしても、事前の連絡なしに私を車で迎えに来て、命令口調で乗れと指示する理由がわからない。一方で、陽に焼けたマリーノの顔に浮かんだあの表情なら、これまで何度も見たことがある。何かがマリーノのパニック・ボタンを押したのだ。私は後部座席のドアを開け、ヘッケラー＆コッホのMP5サブマシンガンと軍放出品の弾丸の箱の横に鑑識ケースを積んだ。

「何があったの？」助手席に乗りこんだときにはもう、猛烈な雨と風でカーゴパンツはずぶ濡れになり、目にも雨が入りこんでいた。

「だって最悪だろ、先生」マリーノは雨を拭えと薄汚れたマイクロファイバーのタオルを差し出す。「悪いな、それしかないんだよ。けど、何もないよりましだろ。ペーパータオルをロールごと置いといたはずなんだがな。どこ行ったんだよ！」

「私に危険が迫っているのに、私には誰も教えてくれてないとか？」私はタオルで雨滴を拭った。自動車パーツ用艶出し保護スプレーのアーマオールのにおいが鼻をかすめた。「ドロシーは無事？　ルーシーは？　いったい何をそんなに騒いでいるの？」

「信じられねえよ、こんなの」マリーノが言っているのは暴風雨のことではなく、まだ新車の香りをさせている汚れ一つないトラックを私が雨水だらけにしていることでもない。

私はブリーフケースを膝に置いた。コンソールに拳銃があった。ビレットから造られた、マットグレーのガンクラフター・インダストリーズのM1911系一〇ミリ口径銃。トリジコンの光学照準器が装着され、グリップはカスタム仕様だ。ハンマーを起こした状態でサムセーフティをかけてあるが、入っているのはハイイログマでも一発で倒せそうなバッファロー・ボアの二〇〇グレインの弾だ。

火力はそれでも十分すぎるほどだろうに、マリーノは、過剰ともいえる破壊力を持つサブマシンガンまで後部座席の手の届く位置に置いている。万が一、銃撃戦に巻きこまれたら、私だってブリーフケースに入れているシグ・ザウエルP226で加勢するわよと、私は自嘲ぎみに考えた。それにしても、マリーノは頭がどうかしかけているのだろうか。

「銃撃戦になると思っているの？　それとも暴動が起きて、制圧しなくちゃならなくなるとか？」私はシートベルトを締めた。冗談でそう訊いているわけではない。「いったいどうしちゃったの？　こっちまで怖くなるわよ」保冷庫の被害者のことが脳裏を離れない。行方のわからないマリーノの隣人、グウェン・ヘイニーのことも。

「金曜の晩に殺された女の身元に心当たりがあるんだよ。ルーシーと俺で世話してやった女、ドロシーが友達づきあいしてた相手だ。うちのすぐ近所に住んでる」マリーノは肝心の名前を口にしようとしない。私のいらだちは一気に募った。

「あなたとルーシーで世話をしたって、どういうこと？」何の話かさっぱりわからない。

「セキュリティに関してアドバイスしてやったんだよ。ま、結果を思えばまるっと無視したんだろうけどな。こんなことをした犯人、そいつは俺たちが住んでる界隈《かいわい》に馴《な》染《じ》みがあるとしか考えられない。あんたや俺――俺たちみんなが住んでるあの界隈にな。グウェンをスパイしてたんだろう。ほかにも誰をスパイしてたかわからねえぜ」

ハンニバル・レクターも言っているように、〝すべて日々目にするものを欲するところから始まる〟のだ。マリーノはそのお気に入りの台詞《せりふ》を口にしながら、二本指を自分の目に突き立てるようにした。雨粒がハンマーのようにルーフを叩くなか、車は検屍局の窓のないバンの小隊の脇を通り、駐車場出口に向けて動き出した。艶やかな黒いリムジンのようなバンのドアにはヴァージニア州の紋章が描かれている。

「要するにだ、家庭内殺人じゃないかもしれねえってことさ」マリーノが付け加えた。

「金曜の夜の殺人事件を家庭内殺人だと考えている人がいるとは思えない」私は当惑

して言った。「だいたい、どこからそんな話――」

「ドロシーはあんたの家で降ろしてきた」マリーノはさえぎった。私の話などろくに聞いていない。「野暮用をすませにドロシーと二人で出かけてるあいだに、警察無線でその連絡が流れた。うちの二軒隣の家に安否確認に行けって指示だった。こんなときにドロシーを一人でうちに置いときたくない。いまルーシーのとこにいる」

行方不明の隣人に関して情報があるとマリーノは言うが、それについて彼と話し合うわけにはいかない。いまのマリーノは警察官ではない。公的な立場にはないのだ。それはルーシーも同じだった。二人が共同で始めた調査会社は民間の組織だ。いや、話し合うどころか、そもそも私は、何もかもが黒いレザーとカーボンファイバーできたマリーノのトラックにのんびりと乗っていてはいけない立場だ。

マリーノのこの新しい車は、去年、新たな感染症が猛威を振るっているさなかに二人が結婚式を挙げて以来、私の妹ドロシーがマリーノに贈った数々の贅沢《ぜいたく》なギフトのうちの一つにすぎない。ウォーターフロントに二人が所有するタウンハウスの裏にはマリーノのスポーツボートが係留されているし、ガレージにはめいっぱいのアクセサリーで飾り立てたハーレーダビッドソンのツーリングバイクが駐まっている。無限の予算を得て、マリーノの銃コレクションは増える一方だ。

ドロシーは売れっ子のグラフィックノベル作家で、マリーノがにわかに羽振りがよくなり、しかもそれに順応しきっている様子に、私はまだ馴染めずにいる。何よりやりにくいのは、初めて一緒に仕事をするようになったころのように、腹を割った話がしにくくなったことだ。電話をかけたり、飲みに誘ったりして、殺人事件やトラブルについてブレインストーミングするわけにはいかない。仕事上の案件について、あるいはプライベートな問題について、マリーノに打ち明け話をするなんて考えたくもない――妹のドロシーに筒抜けになるかもしれないのだから。

「あんたが行こうとしてる家に住んでる女の身に何が起きたか、俺たちは知ってると思うんだよ」赤信号で、車は速度を落として停《と》まった。検屍局がある一帯には、教会や葬儀社が密集している。

「私の行き先を誰から聞いたの？」いまもコンソールで充電中の携帯型警察無線を介してではありませんように。無線機の音量は、耳をそばだててようやく声が聞こえるかどうかまで絞られていた。

「マギーが電話してきて、今夜のディナーは延期になった、あんたはオーガスト・ライアンに呼び出されたからって言った。それだけ手がかりがありゃ十分だろ」マリーノが言い、私は携帯電話に次々と届くメッセージを確かめた。一通はルーシーからだった。

〈もうマリーノと合流した？〉

〈彼のトラックで移動中〉私はそう返信した。二人は連絡を取り合っていたらしい。共謀関係にあるわけだ。

私がどこになぜ行こうとしているのか知っているなら、ルーシーは、自分とマリーノがご近所のよしみで軽いアドバイスを授けた相手が殺害されたらしいことも知っているだろう。

「グウェン・ヘイニーの名前が無線で流れなかったのは助かったよ。言ってたのは番地だけだった」マリーノは話を続け、私はルーシーとのメッセージのやりとりを続ける。

私は自分が考えていることをルーシーに伝えた――帰ったら会いたい、前回のフランス旅行以来、大事に取っておいたお酒のどれかで乾杯して、誕生日を祝いましょう。

「グウェン・ヘイニーを個人的に知っているの？　単なる隣人、アドバイスした相手という以上のつきあいがあったの？」私はマリーノに尋ねる。

「ルーシーも俺も、彼女の家に行ったのは一度きりだ」マリーノは車のデフロスターを調整しながら答えた。先で事故があったらしく、車はじりじりとしか進まない。

「たぶんグウェンが越してきてすぐのころだな。いろいろアドバイスして、家にいたのは一時間か、長くても一時間半」

「そもそもアドバイスするきっかけは何だったの？　同じ住宅地に住んでいるから？」私は妹のことを考え、マリーノの返事を聞くまでもなく答えがわかった気がした。

「先に知り合ったのはドロシーだ」マリーノの返事は予想どおりだった。

オールド・タウンに引っ越してきたのは、元ボーイフレンドのストーキングから逃れるため――グウェンはドロシーにそう説明したという。トール研究所に転職したのも同じ理由だと話した。

「ジンクス・スレーターって元カレの話を聞くとな、いかにもキレると危なそうな奴《やつ》なんだよ。しかし、今回のこととその元カレは関係ないのかもしれねえ」マリーノは言った。

「グウェンはどこから引っ越してきたの？」グウェンがマリーノやルーシーに話した内容と、私がオーガスト・ライアンから聞いた情報に食い違いはないだろうか。

「ボストン。元カレはまだあっちに住んでる」マリーノはガムのパックを差し出す。私はいらないと首を振った。「グウェンはマサチューセッツ工科大学《MIT》を卒業後、ボストンの有名な研究所に就職した。レッド・フェザー・バイオメディカルだ」煙草が吸いたくてしかたがないマリーノは、ガムを二枚いっぺんに口に押しこむ。

「トール研究所と同じで、人工臓器や皮膚、ブレイン・マシン・インターフェースなんかを研究しているところね」私は簡単に説明した。前方で警察車両の回転灯の青い光が閃《ひらめ》いている。黒いＳＵＶが事故を起こして動けなくなっていて、交通警官がほかのドライバーを誘導して迂回《うかい》させていた。

一瞬、私の心臓は止まりかけた。ベントンは黒いＳＵＶに乗っている。しかし、事故車はＢＭＷだった。夫ではない。

「金曜の晩に死体で見つかった女のこと、教えてくれねえか、先生」マリーノは例によって探りを入れてくる。

「殺人の被害者。性的な動機」私は答える。

「それくらいは誰だって知ってると思うぜ」マリーノが言い、私はそれ以上何も言わない。

マリーノとルーシーも報道されている内容は把握している。といっても、私が情報に制限をかけたから、その内容は乏しい。二人は金曜の夜に見つかった遺体を見ていないし、私は今日までその案件について二人に何も話していなかった。二人には関係のない話、表向き二人のいずれも関知していない事件だ。だが、実は関係があったということか。

「俺たち、何を見てたんだよって話だよな」マリーノはハンドルを握り締め、太い手首に静脈がくっきりと浮かび上がった。ドロシーと交際を始める前から堂々たる体格をしてはいた。

それがいまはまるで巨人だ。毎日、カーディオエクササイズとウェイトトレーニングに何時間も費やしている。ここまで筋骨たくましいマリーノは史上初だ。

「起業早々、こんなことになってさ」マリーノはクローブの香りの溜《た》め息《いき》をつく。

「ちょっと落ち着いたら。そんなにあわてても しかたがないわ。車間距離をもっと取りましょうよ。この調子じゃ、そのうち誰かに追突する」私はいつものように助手席から運転に口出しをした。

キング・ストリートのこの区間は緑豊かな住宅街だ。ゆとりある敷地に建つ優雅な邸宅にはクリスマスの装飾がされていた。陰鬱な雨雲の下、街灯柱や家々の柱に巻きつけられた青と白のランプが明滅している。窓際にはクリスマスツリーが飾られ、蠟《ろう》燭《そく》の炎が揺れている。

「自分に腹が立つんだよ。どこに目ぇつけてんだよってさ。ちゃんと注意して見とけばよかった」マリーノが言う。「けど、まさかこんなことになるとは誰も思わないものな。ジンクス・スレーターが犯人だとしたら、どうやって引っ越し先を見つけたんだろう。転居先を誰にも教えないようにずいぶん用心してたのに」

「本人は用心したつもりでいた」私は言った。「でも、彼女の話が嘘《うそ》じゃないとすれば、元ボーイフレンドが転居先を突き止めたとしても意外には思わない。世界のハイテク化が進んで、身を隠すのはどんどんむずかしくなっている。そこらじゅうのカメラに見られているのよ。宇宙にあるカメラも含めて」

「それにしたって、誰か来たからって防犯アラームをオフにしてドアを開けるなんて信じられないだろ。実際そうしたんだとしてさ」マリーノが言う。

本人が話していたとおり、元ボーイフレンドを警戒していたのなら、住宅地の入口、警備員がいるゲートにその元ボーイフレンドが現れたら、ましてや玄関先に立っていたら、恐怖で取り乱しただろう。九一一に緊急通報をしたはずだとマリーノは言う。

「それか、俺に電話するとかな」マリーノはそう付け加えた。四輪駆動のピックアップトラックのエンジン音が舗道に低く轟き、極太のタイヤがしぶきを上げて水たまりを突っ切る。「俺の番号は渡してあったし、金曜の晩はドロシーも俺もずっと家にいたんだ。俺なら二分で駆けつけられた」

「グウェンの携帯電話はまだ見つかっていないのよ」それくらいは話してもいいだろう。私は新着メッセージをスクロールし、返信はすべて後回しにすることにした。

「自宅に防犯アラームを導入していたのね。それは重要な情報だわ。タウンハウスの敷地に防犯カメラは設置されていた？　少なくとも玄関周りにはあったのかしら」

「設置を勧めたんだがな、ハッキングを怖がってた。代わりに家にいるあいだはずっとアラームをオンにしておくと言ってたよ」

「アラームは彼女が自分で設置したの？」

「入居したときはもう設置されてた」

「ほかに誰がパスコードを知っていたのかしら」

「それも本人に訊いたよ。緊急事態に備えて、大家は知ってるって話だった。けど、その大家がほかの誰に教えてるか、わかったもんじゃないよな」マリーノは言った。

「そう、問題はそれよ。いま私に話してくれたこと、オーガスト・ライアンにもそのまま伝えて」私は言う。

「そいつが人の話に聞く耳持ってて、偉ぶらない奴ならいいな。いや、あんまり期待はできねえか。相手が連邦の人間の場合はとくに」

「オーガストとはもう会ったの？」

「いや、まだだ。けど、俺の話はそいつの役に立つはずだぜ」マリーノは言った。「俺はグウェンのタウンハウスの様子を知ってる。ルーシーと俺がセキュリティの点検に行ったあと、グウェンが模様替えしたりしてなければ、だが。ついこのあいだは家のなかに何と何があったか、俺は知ってる」

「あなたのDNAもしっかり検出されるでしょうね」私は指摘した。そうでなくても慎重を要する案件なのに。

「タウンハウスに着いたら、そのへんの事情を最初に話すよ」マリーノは言った。

「だからって、俺がなかを見て回ったらまずいって話にはならないはずだ。できれば警官連中が踏み荒らす前に現場を見ておきたい」

「民間の調査員を同行した正当な理由を説明できそうにない。しかも、その調査員を運転手にして現場に来たなんて」

「俺は運転手じゃねえよ。今夜の俺は先生のボディガードだ」マリーノはそう反論したが、私のボディガード役を勝手に引き受けるのは〝今夜〟にかぎったことではない。

　知り合って以来、マリーノのスタンスはずっと変わらない。私の幸福や健康と仕事の成功に自分は責任を負っていると、なぜか一方的に思いこんでいる。

「何かと世話を焼いてくれるのをありがたく思っていないわけじゃないのよ」私は彼の神経を逆なでしないよう言葉を選ぶ。「でも就任からまだ一月で、職員ともまだコミュニケーション不足なのに、これでは仇《あだ》になってしまうわ」

　マリーノは警察官時代に戻ったかのようにストロボライトのスイッチを入れ、スピードを上げて前のミニ・クーパーを追い越した。

「俺が行ったらオーガスト・ライアンがどう思うかなんて、俺はまるで気にしてねえよ」マリーノは喧嘩《けんか》腰《ごし》に言った。「肝心なのは、人が殺されたって事実だろ。被害者は俺の近所の住人かもしれねえ。ほかの理由はともかく、自衛って意味で、何がどうなってるのか知っとく権利が俺にはある」

「法律上はないわ」マリーノは社会の仕組みを忘れているようだから、私はそう指摘した。

「詳細を話してくれたっていいだろ。でないと俺も対処のしようがない」

「わかっているでしょう。話せない」

「あんたの立場なら何だってできるはずだぜ、先生」

「それで責められるのは私よ」

「あんたはこの州の検屍局長なんだぜ」マリーノは言う。「あのころと同じだ。何だってあんたしだいなんだよ」

たしかにそうだが、規則や制限がないわけではない。形を整えなくてはならないと、私はマリーノに話す。マリーノはかつて私の下で働いていたことがある。お互い考えたくもないことかもしれないが、今度もまた私の下で働いてもらうしかない。その形式さえ整えば、これからも合法に私の運転手役を務められる。

「そうすれば遺体保管所にも顔を出せる。ラボにも入れるし、法廷にも出られる」私は言う。「自宅や家族の集まりといったプライベートな場以外のどこにあなたがいようと誰からも文句を言われない」

私たちはずっと仕事の仲間だった。しかし、前回からずいぶん間が空いている。それにいまはドロシーの存在があるから、これまで以上にややこしいことになるのは確実だろう。

「検屍局にオフィスをかまえなくてはならないとか、検屍局に朝から晩までいなくてはならないような役職の話じゃないのよ」私は言う。「お互い、相手に縛られているとか、息苦しいとかと感じるような状況は避けたいでしょう」そういうのは二度とごめんだった。

「けど、オフィスがあるとありがたいかもしれないぜ。専用のオフィスがあれば、静かな場所であんたの相談に乗れるし、周囲の耳を気にせずに電話で話せる」マリーノは言い、車のミラーに目を走らせる。

4

読心術などできなかろうと、マリーノの狙いに察しがつく。自分だけのスペース。かつての栄光の一片だけでも取り戻すこと。自分のオフィスがあれば、妻から逃れる先になると期待している。

「あんたの味方をする人間だって必要だろ」マリーノは言う。それはそのとおりだ。

「民間業者として検屍局があなたを雇うというのはどうかしら。法医学運用スペシャリストとして」マリーノの車のヒーターつきのレザーシートに座って、私は頭に浮かんだ肩書を口にする。「調査官に助言をしてもらうの。ただし、上司は私。必要に応じて勤務して、時間に応じた報酬を受け取る」

「いくら?」

「できるだけ少額。無料奉仕にしてもらえるとさらにありがたい」

「いいよ」マリーノは肩をすくめ、それで合意は成立した。風に煽《あお》られた雨がシーツのように波打っている。

合意は即時に効力を発し、マリーノは妥当で正当な公的地位を与えられた。そこで私は金曜の夜に発生した殺人事件について知っているかぎりの情報をマリーノに伝え、通勤列車の運転士から提出された動画を見せた。ほんの数秒の長さしかないその動画は、デンジャーフィールド・アイランドの暗い森を猛スピードで走り抜ける重量二百トンの機関車に設置されている、前方を向いたカメラが撮影したものだ。

果てしなく続く車の列の最後尾につき、信号が青に変わるのを待つあいだ、マリーノと私は肩を寄せ合い、私の携帯電話の画面をのぞきこむ。マリーノがつけているアクアディパルマのコロンの柑橘《かんきつ》系の香りがふわりと漂った。列車のヘッドライトに照らし出された、ゆるやかに弧を描く線路……時速百五十キロで突き進む列車……ふいに鉄と鉄がこすれ合う耳が痛くなるような音と、空気が噴き出す音がして、一気に減速する……

遺体は一瞬で背後に消える。裸にむかれた無防備な死体、線路のすぐ脇のバラストが敷かれた路盤にスノーエンジェルのように手足を広げて横たわる死体……次の瞬間、闇が戻る。黒々とした背の高い木々や遠くににじむ光の輪郭だけになって、列車はがしゃんと音を立て、鼻息の荒いドラゴンのように停止する。

「これは彼女だって断言はできねえな。けど、腹にタトゥーがあるように見えねえか」信号が青になり、マリーノはトラックをじわりと前進させる。「はっきり映ってないが、いやな予感がする。グウェンはタトゥーを入れてた。元カレとそろいの柄を入れてたんだよ」

「どんなデザイン？」私は尋ねる。ワイパーがぎゅ、ぎゅと窓をこすり、頭上で雷鳴が轟き渡る。

行く手にジョージ・ワシントン・メソニック国定記念塔が高くそびえている。赤と緑のライトに照らされているが、もやに包まれていてぼんやりとしか見えない。

「クラゲだ」マリーノが言った。

「ついさっき、この車に乗る直前に携帯電話で撮った写真を見てくれる？」

保冷庫で撮った写真をスクロールし、死んだ女性のタトゥーをクローズアップで写した一枚を画面に表示した。カラフルに描かれたクラゲはアニメのキャラクターのような目をしていて、何本もの長い触手が彼女の腹部をみだらに這《は》っている。上腹部を小さく切開したとき、私はこのタトゥーを切ってしまわないよう用心した。

新たなテクノロジーが出現しようと、私はいまでも温度計を肝臓に挿入する。現場で深部体温を測るには、それがもっとも信頼できる方法だ。

「くそ」マリーノは運転しながら写真を一瞥《いちべつ》して顔をしかめた。「そんなタトゥーを入れてる奴はそうたくさんはいねえよな」

そこで私は彼女の死顔をアップで撮った写真を見せる。

「そうだと思う」マリーノが言った。「たぶんそうだ」

「歯科治療記録かDNAで確認できるまで、身元は公表しないから」私はそう念を押す。「先に遺族に連絡するのが筋だし。でも、先週金曜の夜に殺された女性は、あなたのご近所さんのグウェン・ヘイニーで間違いなさそうね」

「最悪だ」マリーノはそう言ったきりだった。

雨と風が吹き荒れる暗闇を見つめ、警察無線の静かなやりとりを——無線通話コードや電話番号の断片を、聞くともなく聞く。私はこの仕事に就いて長い。盗聴を恐れ、警察がふだん以上に交信内容に神経を尖らせているときはそうとわかる。それでも注意深く耳を澄まし、情報のかけらを拾い集めていけば、何か重大な事件が起きたことは誰だって察知できる。

「あんたが現場に着いたとき、死後どのくらいたってる感じだった？」マリーノが訊く。

「裸で、体脂肪がほとんどついていない細身の体つきで、しかも血液の大半を失っていた」私は答える。

ノートのページを前のほうへとめくり、自分の小さくて几帳面《きちようめん》な筆跡を携帯電話の懐中電灯アプリの光で照らす。

「どのみち体温の低下速度は速かったはず。冷蔵庫のなかみたいな環境に置かれていたから」私は説明を始める。

一般に、寒冷な環境では死後の変化はゆっくりと進行する。私が現場で遺体を調べたときの外気温は摂氏十度を下回っており、死後硬直と死斑は初期段階にあった。詳細をマリーノに説明しながら、私はオーガスト・ライアンにメッセージを送り、ひどい渋滞にはまって身動きが取れずにいると伝えた。極太のタイヤを履いてフォグランプをいくつも並べ、ストロボを閃かせた戦車のように巨大な車は、向かうところ敵なしといった風に見えるだろうが、実のところ、ちっとも前に進まないという点ではほかの車と何も変わらない。

「死後数時間といったところ」私はそう見積もる。「ただし、その間《かん》ずっと屋外に放置されていたわけではないと思う。屋外にあった時間のほうが短いんじゃないかしら」

私は初めて見るような、その反面どこか懐かしいような窓の外の景色に目を向ける。以前の様子を知っている私の目には、あのころから変わっていないものは一つもないように見える。雨雲を背景に錬鉄のガス燈《とう》が揺らめき、枯れ葉や折れた木の枝が散らばる濡れた煉瓦《れんが》敷きの路面をうっすら輝かせている。犬の散歩やジョギング中の人は一人もいない。

建物は建築当時の外観を保っている。歴史的建造物に指定されているものも少なくない。〈ジョージ・ワシントンはここで夜を明かした〉という銘板を誇らしげに掲げた建物はいくらなんでも多すぎて、なるほど、冗談のタネにされてもしかたがないと思える。樹木に囲まれた住宅は、どれもセンスよく飾りつけられていた。空気でふくらませるサンタクロースやトナカイなどどこにもない。〝デコレーション拝見ツアー〟に値するような、派手なクリスマスの飾りつけをする家はないのだ。引っ越してきた当初、建造物の外観に関する住民規約を説明されたとき、マリーノは見るからにがっかりしていた。

オールド・タウンは完璧に管理され、維持されている。不適切と見なされる類の変更や装飾は許されない。窓の鎧戸《よろいど》を塗り替えるにも、屋根を張り替えるにも、非常用発電機を増設するにも、事前の許可を取らなくてはならないことを、私は苦い経験から学んだ。禁止事項の長いリストさえなければ申し分のない住環境なのに。少なくともいまのいままで、私はそう思っていた。

それこそが街の魅力、それがあるからこそここで快適に暮らせると感じられていたものが、いま、ふいに不吉な予感を漂わせている。道路を縁取る見上げるばかりの常緑樹や落葉樹が風に激しく揺れ、バプテスト教会は霧のベールに包まれていた。再生システムに不具合でも生じたのか、録音された鐘の音がエンドレスで流れるなか、尖《せん》塔《とう》の明かりは不気味についたり消えたりを繰り返している。

稲妻が空を切り裂き、アイヴィ・ヒル墓地の大揺れの巨木を青白く輝かせた。ここにはアメリカの宇宙計画の父ヴェルナー・フォン・ブラウンら歴史上の有名人が埋葬されている。何世紀も前に建立された墓碑の露《あらわ》になった泥まみれの土台がちらりと見えた。なかには墓碑ごと倒れているものもある。マリーノの警察無線や私と彼の二人の携帯電話がさかんに着信音を鳴らしている。

〈あと十分くらいで着きます〉――私はオーガストにメッセージを送信した。雷鳴が地鳴りのように大地を震わせる。

〈管理事務所にいます〉――オーガストから返信が届き、私は気が気でない。

オーガストにどう受け止められるかも心配だが、それ以上に心配なのは、オーガストとマリーノが意気投合してしまうことだ。私がついさっき任命したばかりの法医学運用スペシャリストは、偶然にも私の義弟でもあるのだから、事態はますますややこしい。

「ジンクスって元カレは、ボストンのノースエンドにあるレストランの店長で、バーテンの副業もしてる」マリーノはグウェンから聞いた元ボーイフレンドの話をする。「ここ二年はほとんどずっと仕事にあぶれてて、前より酒量が増えて、ドラッグにも手を出して、だいぶ情緒不安定になってたそうだ」

「その話、裏は取れているの？」

「いいや」マリーノは灰皿からまたガムのパックを取り出す。「いま思えば、ちゃんと調べときゃよかったよな、先生」

「これから調べましょうよ」私は言う。「ボストンはだいぶ遠いわ。ジンクス・ストーカーが最近になってこのあたりに来ていたなら、簡単に調べられるはず。暴力行為の前科はあるの？」

「グウェンから別れ話を切り出したあと、ストーカーまがいの行動が増えたらしいな。ただし、あんたが言うように、あくまでも〝らしい〟だ」

「たとえばどんな行動？」

「しつこく電話をかけてきたり、首を紐《ひも》で絞められたクマのぬいぐるみを玄関前に置いたり。郵便受けに枯れたバラのブーケが突っこんであったり。あとは、ランニング中のグウェンを車でつけ回したり」

「グウェンは一度でも警察に相談したのかしら」

「いや、してない。グウェンの言うことは嘘ばっかだからな」

「あなたも私もよく知っているわよね。被害者の全員が正直というわけじゃないし、清廉潔白ってわけでもない」私はペンをノートの上に置いて、マリーノを見る。

「いや、マジでさ。グウェンもそのうちの一人じゃないかって気がするよ」

「恐ろしい犯罪の被害者が、恐ろしい人間である場合も少なくない。当然の報いだと言いたがる人もなかにはいる」私はおおっぴらには口にできない醜い真実を指摘する。

「グウェンはそこまでいい人間じゃなかった。だいぶ自己愛が強そうだった。他人はみんなバカだと思ってるみたいな」マリーノは言う。「けどまあ、想像がつくだろ。相談に乗ってやってくれないかってドロシーに言われて、ルーシーと俺は手を差し伸べたってわけだ」

ドロシーのことだ、転居祝いの贈り物を口実に押しかけ、家のあちこちをのぞき回って情報収集に励んだのだろう。〝南部流のもてなし〟の名のもとに境界線を強引に踏み越え、マリーノとルーシーに手伝わせようと申し出たのだ。英雄を気取るときのドロシーのいつもの手だ。

「グウェンは元ボーイフレンドに対して接近禁止命令を申し立てた？」私はまたベントンにメッセージを送る。夫はもう家に着いただろうか。「それで解決することは少ないとはいえ」

「してない」

「グウェンの主張を裏づける証拠は一つでもあるのか、それが知りたいんだけれど」

「自分の身を守るには、元カレには絶対に見つけられない遠い場所に逃げるしかないんだって話だった」マリーノは言う。「だからトール研究所に転職して、引っ越してきたわけだ。ともかく本人はそう言ってた。本当のことも含まれてるんだろうが、大半はおそらく嘘っぱちだろう。ルーシーも俺も、それを確かめなかった。それ以上深入りしなかった。グウェンが迷惑そうにしてたから。よけいなお世話だと思っていそうだったから」

「なのにグウェンはどうしてドロシーの提案に乗ったわけ？」

「ドロシーはほら、絶対にノーと言わせないだろ」マリーノは言う。「それに、不安なんだって言いつつ断ったら、いかにも怪しいじゃねえか」

「どのみち何から何まで怪しいわよ」私は言った。車は古い煉瓦造りのユニオン駅にさしかかった。

キャラハン・ドライブを横断し、車体を揺らしながら線路を踏み越える。この線路を少し北上した地点で死体は発見された。グウェン・ヘイニーだと考えて間違いないだろう。線路上に置かれ、ひしゃげて紙のように薄くなったコインが思い浮かぶ。オーガストからこんなものがあったと見せられたときから、私はそのコインのことが気になっている。あとでそのことを話すと、ベントンは私以上に困惑していた。

「現場の線路で一セント硬貨が見つかったんだけど、どう思う？」私はマリーノに言う。「遺体を発見して停止した、午後七時の通勤列車に轢かれたみたい」

「なんとなくいやな感じがするな」マリーノは言う。車は商店やレストランが密集する歴史地区の中心に来ていた。この天気では、ほとんどの店が開店休業状態だ。

「線路の上に置いてあった。遺体のすぐそばに」

「そばって、どのくらい？」

「二メートルも離れていない位置」オーガストが写真を撮影したあと距離を測っていた。

「なら、そこに置いたばかりだって気がするな」マリーノが言う。「子供のころ、俺もよくコインを線路に置いたぜ。近所に踏切《ふみきり》があってさ、ガキどもはみんなやってたよ。ニュージャージーじゃみんなやってた。フッカーマンを呼ぶおまじないだ」

その怪談は以前にもマリーノから聞いている。片腕を失った前世紀の鉄道作業員の話だ。月のない夜、ランタンを下げた作業員の幽霊が線路沿いに現れる。まずは遠くに光の球《たま》が浮かび上がる。その光の球は宙に浮かんだままゆっくりと近づいてきて、大きく、明るくなったところでふいに消える。

「球電という現象ね」私は以前にしたのと同じ、科学の観点からの説明を繰り返す。「花崗岩《かこうがん》や水晶、鉄の線路。どれも電気伝導率が高い物質なの」

「わかったよ」マリーノは地球物理学には興味がないらしい。「暗くなってから幽霊を探しに線路に近づくなんて、バカとしか言えねえよな。死にに行くようなもんだ。コインはだいたいそれきり消えたしな」

「金曜の夜のコインは、直前に置かれたんだろうと思う」私は言う。「何度も列車に轢かれたのに、そのままの場所に残っていたというのは考えにくいでしょう。しかも殺された死体のすぐそばで都合よく見つかるなんて。偶然にしてはできすぎ」

「変色してたか」

「いいえ。私と同じことを考えているのね。現場に置いたのは犯人なのかどうか」

「そう、それを考えてた。犯人しか知らない事実だよな。そのコインはいまどこにある?」

「さっき話したとおり、発見したのはオーガスト・ライアン。いまはラボにある」私は答える。「ちょうど今朝、走査型電子顕微鏡とX線回折装置で調べた」

「オーガストは立ち会ってたのか」

「いいえ。でも、いまのところ捜査の参考になりそうな発見はない。素材は銅と亜鉛の合金で、発行年は二〇二〇年」

「列車に轢かれたんじゃ、DNAや指紋は期待できねえな」マリーノは渋滞を回避し、歩道を越えて脇道に入った。

「ベントンは、意図してその年のものを選んだんじゃないかって言ってる。何らかの象徴なんだろうって」

「そのコインは凶悪な元カレの犯行って筋書きにはしっくりこないな」マリーノは言った。窓の外を見ると、私がお気に入りのフランスパンのお店が見えた。店は閉まっていて真っ暗だ。「コインの件を含めて、オーガストが捜査情報をリークしないでいてくれるといいがな」

「今回の事件の捜査責任者なのよ。オーガストとはうまくやってくれないと。言っておくけど、あなたが捜査に参加することに反対されたら、私には何もできないから」

遺体は国立公園内で発見されたのだから、この事件の捜査権は連邦政府にある――私はそう念を押す。マリーノが何をどう言おうと、捜査を取り仕切るのは連邦公園警察なのだ。

「被害者が本当にグウェン・ヘイニーだったとしても、状況は変わらない。その場合でも捜査を指揮するのはオーガストよ」私はそう付け加える。行く手を見ると、青や赤の回転灯が閃き、マリーノが私の妹と暮らしているコロニアル・ランディング上空の雲を脈打つように輝かせている。

スチール製のゲートは全開になっていた。左側の管理事務所に煌々《こうこう》と明かりが灯っている。オーガスト・ライアンのダッジ・チャージャーが来訪者用駐車場にあり、前回来たときにも見かけたプリウスがその隣のスペースに駐まっていた。富裕層向けのこの住宅地はポトマック川沿いに位置し、三方は高い塀で、川に面した側は背の高い錬鉄のフェンスで守られている。

川に面したタウンハウス群は二千平方メートルほどの敷地に建っている。敷地外から見えるのは、スレート屋根や煙突だけだ。出入口に設けられたインターフォンに暗証番号を入力しなければ、敷地内に入れない。すべての出入口に防犯カメラが設置されている。カメラの映像は、住み込みの管理人が事務所内のモニターで監視している。管理人には、私も何ヵ月か前に短時間だが会っていた。

マリーノとドロシーにここに引っ越すよう勧めたのは私だ。物件が売りに出ているのを知り、局長就任を検討しているあいだに何度かアレクサンドリアに来た際、内見までした。そのころほかにも売り物件があれば、ルーシーもここに住むことになっていただろう。いまとなっては物件がなくて幸いだった。

5

車は敷地入口のゲート前で停止した。警察や私のように緊急に出動してきた人間が自由に出入りできるよう、ゲートは全開の位置でロックされている。ついでにマスコミなど、厳重なセキュリティとプライバシーが売りの住宅地としては本来なら排除したい人々も通れてしまう。

「ちょっとここで待っててくれよ」マリーノは運転席側のドアを開けた。

マリーノがトラックを降りた。開きっぱなしのゲートを照らすヘッドライトの光が、降りしきる雨を浮かび上がらせている。マリーノはインターフォンの上に伸びる柱に取りつけられた有線式の防犯カメラに懐中電灯を向けた。出口ゲートに回り、そちらのカメラもチェックする。

「どうやらカメラは無事だな」マリーノはトラックに戻ってきて言った。顔が雨で濡れている。懐中電灯をポケットに押しこむ。「一目でわかる異常はない。壊されてるとか、ケーブルが切られてるとかな」

「映像が残っているかもしれないわけね。ちょっと話がうますぎる気がする」私はさつき借りたタオルをマリーノに差し出した。車は開いたままのゲートを通り抜けた。

「それに、犯人だって暗証番号を入力しなくちゃいけなかったはずよね。どうして知っていたの？」

「こっちが訊きてえよ」マリーノが言った。

車の窓から見えるタウンハウスはどれも赤煉瓦造りで、大きな窓が並び、両側に柱のあるパティオやポーチがついている。キッチンは広々としていて、専用のガレージや桟橋も備わっている。裏庭も、小さなプールや庭園を造るのに十分な広さが確保されている。寝室三つと娯楽室があり、目の前に川の眺望が広がる新居を購入したときのマリーノのうれしそうな顔は忘れられそうにない。

ずっと警察官の薄給で生きてきたのだから、まるで宝くじにあたったようなもの。マリーノ本人はそんな風に言う。クリスマスツリーのランプの光が雨ににじんでいる。窓のカーテンの奥で住人の影が動き回っている。男性が一人、電話を耳に当てたままポーチに出てきて、回転灯の閃く警察車両のほうに目をこらした。

男性はマリーノに気づいて手を振った。隣家の玄関に年配の女性が現れ、大きなストロボライトを点滅させているトラックを驚いた顔で見つめた。それから雨のなか、室内履きとバスローブという格好なのに、せわしなく手招きしながら急ぎ足で歩道に下りてきた。

「不安で不安で！　いても立ってもいられないの！　ねえ、何があったのかご存じない？」ウィンドウを下ろしたマリーノに向かって大きな声で訊く。「泥棒でも入ったのかしら」

「詳しいことはまだわからないんですよ」マリーノは優しい調子で答えた。「けど、心配はいりません。いま全員の安全を確認しているところですからね」

「少し前に引っ越してきたあの女性よね。よくランニングをしてる、いつ見ても無愛想な顔した人。警察はいまあの人の家にいるの。何かよくないことが起きたのよ、きっと」マリーノの隣人は見るからに怯《おび》えた様子だ。眼鏡に雨の粒が散っていた。「話をしたことは一度もないけれど、毎朝、うちの前を走っていくのを見かけてた」

「最後に見たのはいつです？」マリーノが尋ねる。

「四、五日前ね。正確には思い出せないけれど。そこの通りを何往復かしたあと、ゲートのほうに向かった。たいがいは日の出ごろ出ていって、一時間か二時間で帰ってきた」

「家に入ってたほうがいい。濡れちまいますよ。風邪でも引いたらたいへんだ」マリーノは思いやりと威厳の両方がこもった声で言った。市長か何かと勘違いしてしまいそうだ。「俺の番号は知ってますよね。いつでも電話してください。すぐに行きますから」

　マリーノに礼を言って、女性は家に戻っていった。マリーノは女性がなかに入るのを見届けてから車を出した。周囲に油断なく目を走らせている。この外界から守られた小さな街に凶悪な犯罪者がたしかに侵入したと示す証拠がほかにもないか探している。

「ストロボライトは切りましょうよ」私はスイッチを探してオフにした。

　自分たちが来たことを宣伝するような真似《まね》をしたくない。それ以前に、マリーノの黒ずくめのトラックは威圧感がありすぎる。

「あなたは車で待っていて。一緒に来てる理由を先に説明するから」私は続けた。

「鑑識ケースを置いていく。必要なら連絡するから持ってきてね。個人防護具《PPE》がひととおりそろってるといいけれど」

　マリーノとドロシーが住んでいるタウンハウスの前を通り過ぎた。ポーチの明かりはついている。玄関先のアメリカ国旗が風にあおられてばたばたと音を立てていた。植え込みやポーチの柱に白と青のLEDランプが飾られている。窓際にLEDキャンドルが並び、玄関ドアには大きな赤いリボンのついた生木のクリスマスリースがある。何から何まで住民規約に則《のっと》ったセンスのよい飾りつけだ。

その二軒先が、グウェン・ヘイニーが六週間前に引っ越してきた部屋だ。飾りつけはされていない。ここだけはクリスマスと無縁かのようだ。この棟の角部屋で、ロータリーになった袋小路《ふくろこうじ》の奥に位置している。進行方向は塀で閉ざされ、右手にも塀が、川に面した側には背の高い錬鉄のフェンスがそそり立っている。

左隣の住人を除けば、人の目はまったく届かない。マリーノによると、左隣の住人はどこかの会社のCEOで、冬のあいだは暖かなフロリダ州で過ごすのを毎年の習慣にしている。グウェンの家は一軒だけほかと隔てられているようなもので、彼女を狙った人物にしてみれば好都合だっただろう。

「部屋の位置が災いしたのかしら」私は言った。マリーノは、ありったけの回転灯を閃かせているアレクサンドリア市警のパトロールカーや鑑識課のバンのすぐ後ろに車を駐めた。「敷地の奥のこのあたりはずいぶんひっそりした感じよね」

「先週の金曜の夜はなおさらだった」マリーノが言う。「感謝祭の週末だからな、みんな泊まりがけで出かけてた」

「これは脱いでいったほうがよさそう」私はコートを脱いだ。

現場には置いておく場所はないだろうから、コートとブリーフケースはシートに置いてトラックを降りた。雨は降り続いているが、さっきほど強くはない。テレビのニュース番組の中継車が来ていた。ついていない。車のドアを閉める。早くもずぶ濡れだ。帽子をかぶっていない頭のてっぺんを冷たい雨が叩く。エンジンをかけたままのパトロールカーで待機している制服警官の視線を感じた。私はコートさえ着ずに、肌寒さから逃げるように小走りでその横を通り過ぎた。

〈立入禁止〉と書かれた鮮やかな黄色いテープが風に震えている。行く手に地元テレビ局の報道班が見えた。三日前の夜、取材を受けたのと同じ顔ぶれだ。そちらに歩いていくと、カメラのライトが灯った。

「オールド・タウンのウォーターフロント地区、コロニアル・ランディングから、デイナ・ディレッティがお伝えします」デイナがマイクに向かって言った。

身長百八十センチの元大学バスケットボール選手、〝グレート・デイナ〟の愛称で呼ばれるデイナ・ディレッティは、冠番組を持つ有名キャスターだ。雨具一式を身につけ、この場にふさわしい厳粛な面持ちをしている。スタッフは傘を差しかけるなどまめまめしくかしずいていた。そのあいだもカメラは傍若無人に撮影を続けている。

「……つい最近、トール研究所に転職したばかりの女性研究員が行方不明になっている事件について、現場から生中継でお送りしています」デイナがそう話し出し、私は愕然《がくぜん》とした。被害者の身元はまだ確認できていないのに。「ちょうどいま、現場に州検屍局長が到着しました……」デイナはそう続けた。

金曜の夜、デンジャーフィールド・アイランドの線路脇の現場に取材班が現れたときの不愉快な経験が繰り返されようとしている。私はテレビの取材など受けたくなかった。それはいまだって同じだ。私は雨に濡れた顔を取材班からそむけ、まっすぐ前を見て歩き続けた。

「ドクター・スカーペッタ、オールド・タウンのウォーターフロント地区の中心に位置するこのタウンハウスにあなたが呼ばれた理由は何でしょう？」デイナがマイクに向かって言う。

デイナと彼女に傘をさしかけているスタッフが二人で私を追ってくる。

「金曜の夜に発生した殺人事件との関連は？　被害者は、グウェン・ヘイニー、最近ボストンから移ってきたという三十三歳の研究員なのでしょうか……？」

私は無言のまま規制線の黄色いテープをくぐった。いまのが生中継されたのだと思うと、嫌悪しか感じない。グウェンの家族や友人、ストーカーの気《け》があったという元ボーイフレンドが、こんな無神経な形で彼女の死を知らされたりしていませんようにと願うばかりだ。とはいえ、私にできることは何もない。私は通路を奥へと進んだ。通路脇で雨具姿の警察官が小型テントを設営している。

「ちょっと！　入らないでください！」警察官の一人が叫ぶ。次の瞬間には私に追いついてきた。アレクサンドリア市警の鑑識課員だろう。年齢は私の半分といったところか。「お名前は？」

私はバッジケースを取り出し、身分証を提示した。鑑識課員は決まり悪そうに謝罪した。その一部始終をテレビカメラがとらえていた。

「ライアン捜査官に呼ばれているの」私はここに来た理由を説明する。

「ライアン捜査官なら、管理事務所にいます。防犯カメラの録画を確認しているはずです」

「なかに入ってもかまわない？」私は尋ねた。

「写真撮影はすみました。先生の調べがすむのを待って、現場の捜索を始める予定でした」鑑識課員が言い、私は玄関に向かった。

ドアは少し開いていた。女性の制服警官がすぐ内側で見張り番をしていた。制服の名札に〈B・フルーグ〉とある。私をいったん立ち止まらせ、玄関幅一杯に広げられた白い粘着マットを踏んでくださいと言った。賢いやりかただ。靴底に付着した汚れを屋内に持ちこませないための対策だ。

それに加えて、毛髪や繊維など、屋内の床にあった微細証拠も粘着マットで回収できる。マットはあとでラボに運ばれ、ひとかけらの微細証拠も失われずにすむ。

「ケイ・スカーペッタ、新任の検屍局長です」私は自己紹介した。

身分証を見せ、雨で濡れて顔に張りついた髪をかき上げた。いまの私はまるで飼い猫が外で狩ってきた小動物のようだろう。個人防護具《PPE》が豊富に用意されているのが救いだ。３Ｄスキャナーも三脚にセットされている。証拠の発見位置を示す番号札が入った箱や鑑識用具のケースもそばで待機していた。

「存じ上げています」フルーグ巡査は玄関ドアを閉めた。

室内はがらんとしていて、ちょっとした音も大きく響く。ここから見るかぎり、家具は一つもない。ラグも、床一面を覆うカーペットも敷かれておらず、音を吸収しそうなものは、グウェンが入居したときにはすでにあったらしいベルベット地のカーテンだけだ。

「私は先生が復帰されてうれしく思っています」フルーグ巡査はそう付け加えた。うれしく思っていない人が大半だと聞こえなくもない。

「ありがとう。もう昔の話だけれど、あなたのお母さんと仕事でご一緒していたことがあるかもしれない。ドクター・グレタ・フルーグ」粘着マットの上を何往復かする。濡れたブーツの汚れた足跡がいくつもついた。

「ええ、子供のころ、母から何度もその当時の話を聞かされました。タンジール島で起きた大きな事件の捜査で先生と一緒だったって。郵便で無料サンプルを送りつけて、大勢を毒殺しようとした頭のおかしな科学者の件」

「お母さんのことはよく覚えている」できれば忘れてしまいたい彼女との思い出話をいまはしたくない。

「私はブレイズって言います。ただし、ブレイズと言ってもほかの誰にも通じないかと」フルーグ巡査は言った。ルーシーと同年代と見える。背は低く、がっちりした体つきで、ショートヘアを軽く逆立てている。押しが強い印象だった。「周りからは〝フルーグ〟と呼び捨てにされています」

それから、母のグレタは州政府機関をすでに退職したと言った。現在は民間企業で働いているのだと言い、リッチモンドにあるバイオテクノロジー会社の名を挙げた。

「願ってもない職場らしいですよ。仕事の大半を自宅のラボでこなせるから」フルーグは、過去に私がさんざんな思いをさせられた人物の近況を話し続けた。「おかげで、馬の世話やら何やら、おかしな趣味に時間を回せる。聞いてらっしゃるかわかりませんけど、いま母はグーチランド郡の古い農場に住んでるんです」

「パンデミックをやり過ごすには申し分のない場所ね。よろしく伝えてちょうだい」

私は粘着マットの上に立ったまま室内を見回して、だいたいの間取りを頭に入れようとした。

「人生ってわかりませんよね」フルーグの黒い瞳は私を見据えて動かない。「母は、局長になりたてのころの先生と一緒に働いていたわけでしょう。それから何年もたって、先生がこうしてヴァージニア州に戻ってきて局長として再出発して、今度は娘の私が一緒に働くことになった。一周して元に戻ったというか」

「グウェン・ヘイニーが行方不明だとマスコミに知られているみたい」私は目の前の深刻な問題に話を戻した。「ついさっきデイナ・ディレッティが生中継で伝えていたわ」

「やっぱり。そうなるんじゃないかと思ってました。きっと管理人から聞いたんじゃないかと。ここの鍵を開けてもらったんですけど、その管理人ときたら、ものすごいおしゃべりなうえに詮索好きで」フルーグは言った。自分はおしゃべりでも詮索好きでもないつもりらしい。「ファーストネームはクリフ、ラストネームはサロウ。あなたはいなくていいからって追い払いました」

「鍵を開けに来たとき、管理人は室内に入った?」私は確かめる。

「いいえ、いかにも入りたそうでしたけどね。携帯電話で写真まで撮ろうとしてました。どうかしてます。なかには入れませんでした」フルーグは言った。「車は赤いプリウスです。見かけたら気をつけてください。ここでどんなおぞましい事件が起きたのかってさかんに気にしていましたから。気にする理由はわからないでもありませんが」

クリフ・サロウの勤務時間中に何かあれば、雇い主からの評価が下がるだろうから、とフルーグは言った。下手をすれば解雇されかねない。

「管理人が最後にグウェンと会ったのはいつ? 最後に連絡を取ったのはいつだった? 本人から聞いている?」私は粘着マットに立ったまま訊く。

「感謝祭の祝日の翌日だそうです。金曜の朝早く、ランニング中のグウェンを見かけたと言っていました。いつも日の出とともに出発するとかで。相当なランニング好きのようで、いつもだいたいマウントヴァーノン・トレイルを何キロも走ってたとか」

「どうしてそこまで詳しく知っているのかしら」

「グウェン本人から聞いたんだと思いますけど。帰ってくればそれもわかったそうです。ゲートで暗証番号を入力するから」フルーグの話の内容は、さっきの年配女性と一致していた。「マスコミは管理人から情報を引き出したんでしょう。不動産の登記を見てもグウェンの名前は出てこないわけだから、ほかに知りようがないですよね」グウェンの自宅タウンハウスの登記簿には、ニューヨーク在住の所有者の氏名しか載っていないとフルーグは付け加えた。

別の粘着マットの上に、ＰＰＥ入りの携帯ケースがある。フルーグはその前で腰をかがめ、私のほうを振り返ってサイズを確認しながら、必要と思われるアイテムを選び出した。

「セキュリティゲートの防犯カメラの映像は？」私は尋ねる。「事件が起きた金曜の午後から夜にかけての録画に何か映っていないか確かめたいわ」

「私も同じです。すぐにでも知りたい」フルーグは言う。

タイベック素材のカバーオールをはじめ、ＰＰＥをＳサイズでそろえて私に差し出し、身支度をしてくださいとフルーグは命令口調で言った。

「現場の様子をあらかじめ簡単に説明しておくと、家具や荷物はほとんどありません。もうお気づきだろうと思いますけど」フルーグは続けた。「二階に至ってはほとんど何もありません。ご自由に行ってもらってかまいませんが、大きなスペアルームが一つきりで、しかもビニールシートがかかった工事用具や材料の山があるだけです。ドアは閉め切られていて、暖房の温度は低く設定されています」

管理人のクリフ・サロウによれば、グウェンが短期の賃貸契約を申し込んだとき、この住戸は改装中だったのだという。グウェンには時間の余裕がなく、求めている条件は単純だった。プライバシーと安全が守られている住まい。即座に入居できること。契約はグウェンではない名義で。生死にかかわる緊急事態が発生した場合を除き、室内に立ち入らないこと。グウェンは改装途中の現状のままで契約した。フルーグの情報収集力に、私は舌を巻いた。

「よほど高収入なんでしょうね。家賃はいくらでもかまわなかったようですから」フルーグは言った。「部屋にほとんど何もないことも気にしていなかった。だって、ベッド一つないんですよ。空気を入れてふくらませるマットレスを使っていたようです。寝室に行ってみればわかります」

「家賃はいくら?」私はニトリル手袋をはめた。

「しまった、訊くのを忘れました」フルーグの顔をいらだちがよぎった。「あとで調べます」

「転職したからという以外に、入居を急ぐ理由を何か言っていた?」

「いえ、私が聞いたかぎりでは」フルーグがそう答えたとき、玄関が開いて、風と雨が吹きこんだ。

6

「よかった、無事にいらしたんですね」オーガスト・ライアンは私を見て言った。オーガストは背が低く、ほっそりとした体つきをし、歯列矯正の金具を着けていて、灰色の髪は細かくカールしている。

近寄りがたい雰囲気はまったくない。それが有利に働いているのは間違いないだろう。人は彼を甘く見て油断する。ものわかりのよい人だろうと決めつける。お人よしとさえ思うかもしれない。マリーノが他人に与える第一印象とは正反対だ。

「念のため申し上げておくと、ドクター・スカーペッタ、室内に入ったのはフルーグ、私、おおまかに現場を確認した鑑識チームだけです」オーガストが言う。

彼も粘着マットの上に立ち、白いタイベックのカバーオールで全身を覆う。新任の法医学運用スペシャリストの話を持ち出すには願ってもないタイミングだ。

「実はピート・マリーノが一緒に来ているの。トラックで待機している」私はさも当然のことのようにそう二人に話す。「リッチモンド市警の元刑事。ほかにも各地の法執行機関や私が赴任した検屍局で働いた経験がある。いまは民間コンサルタントとして検屍局に協力してくれていてね。この現場もちょっと見てもらえないかって頼んだの」

「現場に入る人数は少なければ少ないほうがいい」オーガストが本当に言いたいのは、〝マリーノをメンバーに加えるなんてお断りです〟だろう。

「この二軒隣に住んでいて、前にもこの家に入ったことがあるのよ」私は携帯電話を保護フィルムで覆う。「詳しくはあとでマリーノから説明させるけど、グウェン・ヘイニーは元ボーイフレンドと何かトラブルになっていたらしくて、それで先月ボストンから引っ越してきたそうなの」

「ほほう、それは重要な手がかりになりそうですね」オーガストがふいに意気込んだ様子で言う。

「トラブルって？」フルーグが訊く。「別れた恋人だとしたら、いろいろ辻褄《つじつま》が合いますね。グウェンは防犯アラームを止めて来客を招き入れたようなので。私が来たとき、鍵はかかっていましたけど、アラームはオフでした。鍵がかかっていなかったのは家全体で一ヵ所、キッチンからガレージに出るドアだけでした」

「セキュリティ会社からの折り返しの電話を待っているところです」オーガストが付け加える。「履歴を問い合わせていまして。アラームを最後にオン、オフしたのはいつだったか」

「マリーノが持っている情報が捜査の役に立つと思う。本人から説明させるわ」私はいやとは言わせない口調で言った。

「先生がそうおっしゃるなら」オーガストはしぶしぶといった風に言う。「外に小型テントを設営してあります。マリーノもほかの者と同じようにPPEを着てもらいます。しかしその前に、先生にざっと現場を見ていただいて、お気づきの点を教えていただきたいな」

「私は管理人に電話して、ここの賃料を訊いてみます」フルーグが出ていき、玄関が閉まった。

「セキュリティゲートの防犯カメラの映像は？」私はオーガストに尋ねた。

「いい質問です」オーガストはいままで以上に深刻な顔で声をひそめた。

「録画を見たんでしょう？」

「それが、奇妙な状況でして」オーガストが言う。「金曜の夜の録画に、音は入っているのに映像がない箇所が一時間分あるんです。つまり、カメラが何かで目隠しされていた時間帯があるわけです」

マイクも覆われてはいたが、音声は拾っていた。オーガストによると、カメラの一方に何かがかぶせられ、次にもう一つも覆われた。

「映像は真っ暗ですが、がさごそというような音がかすかに聞こえます。ビニール袋のようなものかと」オーガストが説明を加えた。

午後五時十三分ごろだという。その二分後、暗証番号〈1988〉が入口側のゲートのオートロックに入力された。グウェン・ヘイニーの生まれ年だ。暗証番号に選ぶには、あまりにも推測されやすい数字だ。

「正直言って、グウェン本人が仕組んだ可能性があるのではないかと思ってしまいますよね」オーガストは箱から手袋を一組取った。私たちはタウンハウスの玄関でPPEを着けていく。

「グウェンがカメラに覆いをして、ゲートを開閉した？　いったい何のために？」ブーツのままジャンプスーツに足を入れ、服の上に引き上げる。白いタイベックがかさかさと乾いた音を立てた。

「いやまあ、筋が通りませんよね。自ら消息を絶ちたくて、何やら手のこんだ工作をしたのでないかぎり」オーガストが言う。「自分が死んだように見せかけようとしたのでないかぎり」

「検屍局の保冷庫にいる女性は死んだふりなどしていないわ」私は念を押した。

た。録音は続いていたの？」

「ええ、同一人物だとするなら」

「いまのところそうとしか思えない。カメラに覆いがされたあとも、録音は続いていたの？」

「はい。といっても、聞こえるのはゲートが開く音と、不気味な音楽だけです。車のステレオから大音量で流しているような音楽」

「エンジンの音は聞こえないの？」私はマスクを二重にし、その上から透明プラスチックのフェースシールドをかぶった。シールドはまだ上げたままにした。「エンジンの音が聞こえないのは妙よね」

「マイクも覆われていたわけですし、エンジンが静かな車なのかもしれません」オーガストが言い、私はグウェンの元ボーイフレンド、ジンクス・スレーターが所有している車種は何だろうかと考えた。「音声分析で音の明瞭度を上げれば、何か聞き取れるでしょう」

「大音量の音楽と言ったわね。あなたの知っている曲だった？」

まだ粘着マットの上から一歩たりとも動いていないのに、私はジャンプスーツのなかで早くも汗をかき始めていた。

「いえ、知らない曲ですね。聞こえるのはほんの数秒ですし」オーガストが答える。

「ボリス・カーロフ主演の古いホラー映画の音楽みたいな曲でした。午後六時七分に出口側のゲートが開いたときも、その薄気味の悪い曲がまた大音量で聞こえました。その四分後、がさごそという音がして、カメラの覆いがはずされました。あとで動画をメールで送りますよ。それを見ていただくとわかりやすいかと」

カメラが何かで覆われていた一時間ほどのあいだ、コロニアル・ランディングを出入りする人や車の音は一度も聞こえなかったとオーガストは説明する。ゲートはそれきり開閉せず、暗証番号が入力されることもなかった。私は意外には思わなかった。遺体発見当夜の天気は荒れ模様だったし、感謝祭の週末とあって留守にしている人も多かった。感謝祭は木曜で、その翌日の金曜もたいがい仕事が休みだから、家でゆっくりしていた人もいるだろう。

「その人物は徒歩で来た可能性もあります。乗ってきた車は別の場所に駐めたのかもしれない」オーガストが言った。ドアが開き、玄関に風が吹きこむ。「不気味な音楽を携帯電話で鳴らしながら、徒歩でゲートを抜けたとも考えられるということです」

「ありえるわね」私は答えた。フルーグが玄関に入ってきた。「でも、遺体をここから運び出し、デンジャーフィールド・アイランドの線路脇まで行くのには車が必要だったでしょう」

「管理人と電話で話しました」フルーグはPPEをひととおりそろえて身に着けていく。「家賃は月七千ドルだそうです。しかもグウェンは三ヵ月分を前払いしたとか」

「二万一千ドルを一度に？」オーガストが訊き返す。「ひゅう、それは驚きだ」

「しかも現金で。ここの所有者はほくほくでしょうね。現金なら、所得税の申告書に載せなくてもばれませんから」フルーグはカバーオールを引っ張り上げた。

それから、さっき私に話したとおりのことをオーガストにも説明した。この部屋は改装中で賃貸市場には出ていなかったこと。即座に入居できる部屋であれば、グウェンは賃料も部屋の状態も気にしていなかったらしいこと。

「ゲートと高い塀に守られたここで暮らしたかった」フルーグは続けた。「身の危険を感じていたとすれば、納得がいきますね」

「ええ、でもその条件は、他人に邪魔されずに静かに暮らしたい人にも当てはまる」

私はダンベルのことを尋ねた。「通報後に駆けつけてきたときからこの状態だった？」

手を触れないようにしながら、玄関ドアのすぐ前、粘着マットが敷かれていない板張りの一角に置かれた重量四・五キロのダンベルを観察した。血痕は付着していないようだが、グウェンが殴打されたのは一度だけだから、凶器が何であれ、おそらくそれに血はついていないはずだ。グウェンは頭骨が陥没し、くも膜下出血と外傷性脳損傷を引き起こすほどの強い力で殴られた。

ダンベルが凶器だと仮定すると、グウェンが頭皮から出血したあとにふたたび殴打されないかぎり、ダンベルに血液は付着しない。床板に浅いへこみができていた。ダンベルが落ちたか、乱雑に置かれたかしたときにできたのだろう。グウェンは玄関から逃げようとしたところを背後から殴られ、意識を失ったのではないか。

このあと鑑識チームは現場を3Dスキャンし、物証の発見場所に番号札を置き、さらに多くの写真を撮影して、すべてをまとめてラボに持ち帰る。しかし鑑識チームの捜索前のいまの時点では、現場にあるものに誰も手を触れていないはずだし、動かしてもいないはずだ。いま私が見ているものは、事件発生直後とまったく同じでなくてはならない。私はその点をフルーグに確認した。

「オーガストにも報告したとおり、キッチンのテーブルにあるグウェンのバックパックは検めましたけど、それ以外、室内の物品にはいっさい手を触れていません」

フルーグは手袋をはめ、何をするにもきちんと規則に従ったと言った。

「リビングルーム脇のサンルームにもこれと同じダンベルがあります。これ一つだけ玄関にあるのは不思議です」フルーグは言った。「犯人は家の奥側からダンベルを持ってグウェンをここまで追いかけてきたのかも。そして玄関で殴りつけた。グウェンは玄関から外へ逃げようとしていたのかもしれない」

〝かもしれない〟がまだ多すぎる。いまは一人きりで考え、一人きりで現場を見たい。私は、マリーノと顔合わせしたらとオーガストに提案する。マリーノは自分のピックアップトラックで私からの連絡を待っている。二人で打ち合わせでもしてもらって、そのあいだに私は現場をざっと検分する。

他人に促されることなく観察し、考えをまとめたいが、フルーグにつきまとわれていてはそれができそうにない。私が玄関ホールの左手にあるゲスト用の寝室に入ると、フルーグは入口から私を目で追った。その部屋には家具がなく、天井照明もない。私は小型懐中電灯のスイッチを入れてあちこちを照らした。

以前は絵画が飾られていたのだろう、壁にフックがそのまま残っている。電灯かシーリングファンが取り外された跡なのか、天井からコードがぶら下がっていた。壁のコンセントカバーも取り外されて、ケーブルのコネクターが露になっている。以前は電話やテレビがつながれていたようだ。私はメープル材の床や淡い黄色に塗られた壁に懐中電灯の光を向けた。

金色のダマスク模様のカーテンは閉ざされている。格闘の跡らしきものはない。シューズカバーの乾いた音を立てながら、いったん粘着マットの上に戻った。一つの部屋から次の部屋へ、微細な証拠を移動させたくない。次に向かったのは、玄関ホールの反対側に位置する主寝室だ。シューズカバーがしゅっしゅっと音を立てる。

「そっちにも何もないんです」背後をついてきたフルーグが予告するように言った。

「先生の検分がすみしだい、鑑識チームが捜索を始めます。鑑識は何一つ見逃さないと思いますよ。でも私が見るかぎりでは、犯人とグウェンはここととサンルームのあいだでもみ合いになったようです。何より重要な痕跡は、ガレージに血の痕があることです」

「ガレージは最後に取っておくわ」私はフルーグにそう伝え、暗い主寝室に入った。

この部屋にも天井照明はついていない。消えたままのフロアランプが一つあるだけだ。懐中電灯の光をあちこちに向ける。ラグ一つ置かれていない板張りの床、淡い黄色の壁。絵画用のフック、露になったケーブル類。さっきフルーグが話していたマットレスは空気が少し抜けていて、シーツと枕二つはやや斜めに置かれている。毛布やカバーはどこにもない。

正方形をした折りたたみ式のテーブルにテレビが設置されている。やはり折りたたみ式の椅子が一脚あり、その背にウォームアップスーツがかかっていた。近くにランニングシューズもある。ウォークインクローゼットの扉を開けた。グウェンはやはり本当にここに引っ越したとは言いがたい状態だったようだ。ほぼ着の身着のままボストンから逃げてきたといった風だ。

「何から何までちぐはぐな印象で」フルーグが言う。私は買ったときの箱に入ったままのランニングシューズと、床に行儀よく並んだアンクルブーツに懐中電灯の光を向けた。「本当にここに住んでいたんでしょうか。ごく短期の仮住まいって感じですよね。荷物の大半はどこかほかの場所にあるとは考えられませんか」

「さあ、私にもわからない」私はハンガーにかかったジャケット二着とブラウス四着を懐中電灯で照らす。

ランニングタイツ数着、Tシャツ、パーカ、ソックス、下着などを十分にしまえるだけの造りつけ収納があるのに、いま見た以外の荷物はプラスチックケース四つに詰められたままだった。この部屋の様子を見るかぎり、短期の仮住まいでさえなさそうだ。それよりも、いつでも逃げ出せる状態を保っておきたい人物の潜伏先というほうが当たっている。

急いで逃げる必要が生じたら、瞬時に荷造りして出ていけただろう。あるいは、ここではほとんど寝泊まりせず、もう一つ未確認の住居と行き来していた可能性もありそうだ。秘密の生活を維持していた人物。行方不明のバイオメディカル研究員グウェン・ヘイニーは、そういう人なのではないかという気がする。彼女は何かを隠していたのではないか。

次にバスルームに行き、懐中電灯であちこちを照らした。洗面台のシンクの上の鏡に私が映った。私は息で曇ったシールドをはずした。それがあると前がよく見えない。暑くて、全身に汗をかいていた。鏡の奥からこちらを見返している私は、ひどいありさまだった。二重に着けたマスクの上の青い目は軽く充血している。

戸棚を開けた。タンポンが一箱あるだけだ。鏡張りの扉を閉める。洗面台の御影石《みかげいし》のカウンターは清潔そのもので、歯ブラシ一本と歯磨き、デンタルフロス、洗顔石鹸《せっけん》、ヘアブラシ、コップ一つが並んでいた。いずれかからDNAサンプルが採れそうだ。しかし、化粧品やアクセサリーなどの身の回り品はなく、なぜなのか首をかしげざるをえない。

「何かが恐ろしく間違っているように思えますよね」背後からオーガストの声が聞こえた。

まるで心を読まれたかのようだった。オーガストはフルーグと並んでバスルームの入口に立っている。懐中電灯の光を動かしながら、曇りかけた透明プラスチックのシールドの奥から室内を観察している。

「ほかの荷物はいったいどこに?」オーガストが訊く。「時間貸しの簡易宿泊所の部屋にだってもっとものがあるのを見たことがありますよ」

「ええ、異様ね」私は自分のフェースシールドをオーガストに渡した。こんなもの、邪魔なだけだ。

「私もうっとうしいと思っていたところです」オーガストはそう言って自分もフェースシールドをはずした。

私はシャワーブースのドアを開けた。懐中電灯の強力な光がガラスに反射する。シャンプー、コンディショナー、ボディソープ、剃刀《かみそり》。あるのはそれだけだ。

次にシンク下の戸棚を調べた。トイレットペーパーの予備、トイレブラシがあった。ラックの上の白いタオルは使用済みのようだ。見たところその可能性は低そうだが、犯人がこのバスルームで手や顔を洗ったこともありえるから、これはラボに預けたほうがよさそうだと私は言った。

背中や胸を冷たい汗が伝い落ちる。くず入れをのぞく。しばらく空にしていなかったようだ。使い終わったトイレットペーパーの芯が何本かと丸めたティッシュが入っている。てっぺんに何かの空きパッケージがあった。

「珍しい」私は台紙と透明プラスチックを懐中電灯で照らした。「インクペンのパッケージね」

ただし、ありふれた商品ではない。パッケージには英語と日本語が書かれている。紫の水性インクの布用マーカーだ。

「これに何か意味があるのかわからないけれど、ひょっとしたら重要な証拠かもしれない」私はオーガストとフルーグに言った。「水性のマーカーを持っている人ってあまりいないと思うの。ホワイトボードに書くとか、手品のトリックに使うとかの目的がないかぎり」

「仕事で使っていたんでしょうかね」オーガストが思いついたように言う。

「研究室のホワイトボード用とか」フルーグが付け加える。

「そうではない気がする」私は言った。「それにベッドにカバーがかかっていなかった。最初からなかったとしてもおかしくはない。でも、毛布や羽毛布団もないのは変よね。繊維なんかの微細証拠はもちろん、シーツや枕カバーからＤＮＡが採取できないか、調べてもらったほうがよさそう」

7

バスルームを出たところで、二重にはめていた手袋の外側の一組を新しいものに替え、使用済みの分をカバーオールのポケットに入れた。

「ここが襲撃の現場だとするなら、犯人は昏倒《こんとう》した彼女をくるむものを探したかもしれない」私は言った。

それからオーガストに向かい、検屍局の保冷庫で預かっている遺体から合成繊維が大量に採取されたことを話した。繊維の由来は、遺体が接触した物体、たとえば毛布と思われる。

「着衣はどうしたんでしょうね」フルーグが言った。「襲われたとき着ていた服はどうしたんでしょう？　そのときグウェンが着ていたと思《おぼ》しき服は、この家のなかでは見かけていません。床に落ちていた服もないし、破れた服、血の染みた服もない」

「金曜に発見された遺体がグウェンだと仮定すると、服を脱がせたりなんかしたのは、彼女をここから運び出したあとじゃないかという気がしますね」オーガストが意見を述べる。

「運び出した——どうやって？」犯人の移動手段は何だったのか。

「金曜の夜は雨でした。それを考えると、車で来てガレージに駐め、またそこから出ていったんじゃないでしょうか」フルーグはそう言ってから、新しい情報を付け加えた。「ガレージに乾いたタイヤの跡があるんです。それって重要な手がかりですよね。グウェンは車を所有していませんでしたから」

「そのタイヤ痕がいつからあったかによるね」オーガストが言った。「ひょっとしたら、彼女が越してくる前からあったのかもしれない。血痕にしたって、いつからあったのかわからない」

「私の考えでは、グウェンを殴って気絶させたあと、車をガレージに入れて扉を閉めたのではないかと」フルーグが続ける。たしかに、ありそうなシナリオだ。「そうすれば、周囲に気づかれずに彼女を車のトランクかどこかに運ぶ時間が稼げます」

「ガレージは最後に見るから」これ以上のシナリオや推測を耳に入れたくない。「それより、グウェン・ヘイニーの名前を放送で繰り返すのをやめるよう、テレビ局を説得してもらえるとうれしいわ」これはオーガストに向けて言った。「せめて身元はまだ確定していないと注釈をつけてほしいと」

「私たちが何を言おうと彼女は気にしないでしょうね。自分の発言がどれほど悪影響を及ぼそうと、それも気にしない」オーガストがそう言ったとき、玄関がふたたび開いた。

マリーノが入ってきた。白ずくめの姿は、みっともないスノーマンのようだ。

「何だよな」マリーノは息で曇ったプラスチックのフェースシールドの奥から不平を垂れる。「これでどうやって見ろっていうんだよ？　おい、曇り止めクロスはねえのか？」

「ありません」フルーグが玄関ドアを閉める。

マリーノは使い捨てのシールドをはずした。全員分のフェースシールドが使用済みの手袋とともに赤いバイオハザード廃棄袋行きになった。

「クロスがないなら、ベビー用シャンプーでもいいんだ。ダイビング用のマスクにはそれを使う」マリーノが続ける。「曇り止めはかならず用意しとかなくちゃだめだぜ」

「PPEを準備したのは私じゃありません」フルーグが言い返す。「文句は鑑識チームに言ってください」

「現場をざっくり検証するって言ってたよな」マリーノはタイベック素材のシューズカバーを履いた足で粘着マットの上を行ったり来たりしながら、オーガストに訊いた。「現場の概観と写真撮影は終わったのか？」

終わっていないなら、いま私たちはこうしてここにいてはいけないはずだ。

「終わりましたよ。主寝室をちょっとのぞいてみてもらえませんかね」オーガストが言った。二人はどうやら意気投合したようだ。「グウェンと一緒に室内を見たときの記憶と食い違っているところがあったら教えてください」

マリーノは主寝室に入り、フルーグは玄関の見張り番に戻った。オーガストと私はリビングルームに向かう。家具の配置が乱れている。茶色いレザー張りのソファと納屋の扉を再生利用したコーヒーテーブルは、この部屋の所有者のものだろう。いずれも誰かが勢いよくぶつかったかのように元の置き場所から大きく動いている。殺害された女性の臀部《でんぶ》や下肢に残っていた真っ赤な痣《あざ》が思い浮かんだ。

プラスチックのスプーンとトール研究所のロゴが入った陶器のマグが床に落ちていた。マグは割れ、凝固しかけたチキンヌードルスープの水たまりに破片の一部が浸《つ》かっている。チキンヌードルスープは被害者の胃の内容物と一致する。スープを食べ始めた直後に犯人に襲われ、そのストレスで消化作用が停止したのではないか。

川を望む側の窓のカーテンは閉ざされている。その窓際に、さっき見たのと同じ正方形の折りたたみ式テーブルがあった。グウェンはここで仕事をしていたようだ。テーブルの上にノートパソコンが二台とルーター、外付けハードディスクドライブが並んでいる。その前の折りたたみ椅子は横に倒れていた。しかし私の注意を引いたのは、紫色の布用マーカーと水溶紙のメモパッドだ。

「水溶性のインクと紙が必要になる状況が思い浮かばないんだけれど」私はオーガストとフルーグに言った。「パーティで文字が消える手品やゲームをやるくらい？　あとはキルティングや刺繍《ししゅう》の印や図案を描いて、完成後に洗えば消えるようにするとか」

グウェンにそういう趣味があったと裏づけるようなものは何一つ見当たらない、と私は付け加えた。それからふと思った。証拠がまったく残らない形で、誰かに情報を渡していたのだとしたら。つまり、スパイ行為をしていたのだとしたら。

「突拍子もない話になってきましたね」フルーグが言った。「メモをトイレに流せば、それでサヨナラってことですか」

「水の入ったグラスに落として飲んでしまえばもっと簡単よ」私がそう答えたとき、マリーノが主寝室から現れた。

「何が突拍子もないって？」マリーノが言った。「今度は何だ？」

「主寝室はどうでした？」オーガストがマリーノの質問に質問で答えた。

「先月、俺が来たときと変わってるところはないな。ただし、そのときはベッドに毛布があった。スター・ウォーズのキャラ入りの子供用の毛布だ。ダース・ベイダーとかフレイムトルーパーとか。

「色は覚えてる？」遺体から採取したカラフルな繊維の拡大画像が頭に浮かぶ。

「黒とオレンジ。白。それに黄色と赤も」マリーノが答えた。

「採取した繊維と一致しそうね」私は言った。「顕微鏡で断面図を見ると、赤、黄、黒、オレンジの色素が確認できる。素材はポリエステル混紡」

どうやら遺体をくるんだものはここにはないようだと私は説明する。回収できればなおよかったが、それでも毛布がベッドにかけられていたのなら、シーツや枕カバーに繊維が付着しているはずだ。

「遺体から採取した繊維と一致するか調べましょう」私はそう付け加えた。

「現場で見つけた物体で被害者の頭を殴った」オーガストはここで何が起きたか整理しようと試みた。「ベッドにあったものを利用して被害者をくるんだ。もしそうだとしたら、犯人は殺人用具一式を持参したとは思えませんね」

「粗暴なサイコパスはだいたい殺人用具なんか用意してこねえよ」マリーノは言葉に気を遣うことなく言う。「俺の経験じゃ、ねじ回しやはさみで刺し殺された被害者もいたし、アイロンやティーポット、ノートパソコン、棒きれ、石で殴り殺された被害者だっていた。手当たりしだい何だって使うんだよ。連中は倒錯した妄想だけを抱えて手ぶらで現れる。それもスリルのうちなんだ」

「先月、グウェンと家のなかを見て回ったときのことだけど」私はマリーノに言った。「手品で使うような水に溶ける紙やインクの話は出た？　セキュリティの点検に来たとき、その手の品物をどこかで見た？」

マリーノのうつろなまなざしを見れば、何の話か見当もつかないのだとわかる。私は折りたたみ式テーブルの上の布用のマーカーや白いメモ用紙を見せた。

「いや、俺が見て回ったとき、こんなもんはなかったよ」マリーノはその日ルーシーが一緒だった事実を省いて言った。「少なくとも俺は見てねぇ」

「グウェン・ヘイニーはそんなことはおくびにも出さなかったでしょうね。疑わしい品物は見えない場所にしまっておいただろうし」フルーグが言い、おそらくそのとおりだろうと私も思った。

「先生が気づいてくださってよかったですよ。私なら見過ごしていただろうから」オーガストはあからさまにフルーグを無視し、私に向かって言った。「水に溶ける紙があるなんて、知りませんでした」

「複数の犯罪がからんでいるのではないかと心配だわ」私は言うまでもないことを言った。「スパイ行為と考えれば、ここまでに判明した事実の説明がつく。少なくとも、企業スパイと考えればね。でも、グウェンがこれまでにいた会社はどれも、この州も含めた政府機関が関係する機密度の高いプロジェクトを請け負っていることを考えると、企業スパイ以上に危険な行為に手を染めていたとも考えられる」

「俺もそう思うね」マリーノがうなずく。「それが本当の理由かもしれねえな、急に仕事を変える理由、逃亡者みたいな生活ぶりだった理由。言っとくが、グウェンを紹介された時点でそれを知ってたら、俺のアンテナはぴんと立ってただろうよ」

オーガストはノートパソコンを見ていた。手袋をはめた指でキーを叩いている。

「パスワード保護されてますね。当然か」そうつぶやく。私はほかの部屋の検分をすませてしまおうと、三人をその場に残してリビングルームを出た。

パティオに出るドアの前に立つ。フルーグが追いついてきた。パティオはダイニングエリアに面している。ダイニングエリアはやはりがらんとしていて、壁に何もかかっていない絵画用のフックが並び、かつて天井照明が取りつけられていた位置から配線が垂れ下がっていた。

「そのドアには鍵がかかっています。私が来たときからです」フルーグが言った。

「さっき外からパティオに回ってみましたが、とくに変わった点はありませんでした。家具がいくつかとバーベキューグリル、野鳥の餌入れがあるだけです。鑑識チームもざっと見て回っていました」

「だけど、ここも出入口の一つでしょう。家に侵入する経路の一つよ」私は言った。

「玄関、サンルーム脇の勝手口、そしてもう一つこのドアがあって、それぞれに防犯アラームの操作パネルが設置されている」

「出入口なら、ガレージもありますよ。ただ、ガレージから逃走するのはほかの三ヵ所より難度が高そうです。ガレージの扉は外から閉められないんです。リモコンがあれば別ですが」

「リモコンをどこかで見た？」

「そういえば、見ていません」フルーグの目の奥に驚いたような光が閃いた。その光はすぐにいらだちに変わった。「これでツーストライクよ、フルーグ」自分を叱りつけるようにささやく。声が一オクターブくらい低くなっていた。「家賃を確かめるのを忘れたわよね。今度はガレージのリモコンがないことに気づかなかった。でも、グウェンは車を持っていません」突然ふつうの声に戻り、私に向かってそう言う。「自転車さえ持っていないみたいです」

キッチンとダイニングエリアの境に御影石のカウンターがあり、そこに宅配の小さな荷物が未開封のまま置いてある。差出人は電子機器会社だった。伝票によれば、先週金曜の朝に配達されている。

「自分が注文した商品が届いたのに、開けないなんて不思議ね」私はフルーグに言い、キッチンに入った。

「私も届いた郵便物や何かを何日も放っておくことがありますよ」フルーグはグウェンの肩を持つように言った。

何も置いていない流しの上の窓台に素焼きの小さな植木鉢があった。サボテン、カラテア、アロエ、セントポーリアが寄せ植えされているが、土は乾ききっている。そのミニガーデンは、まさにドロシーがお役立ち情報やこの一帯の変遷などと一緒に見知らぬ相手に押しつけそうなギフトだ。

サボテンとアロエは干からび、セントポーリアは黒ずんだ紫色にしおれている。こしばらく誰も水をやっていなかったようだ。ひょっとしたら、一度もやっていなかったかもしれない。なんとも嘆かわしい。クリスマスらしいキャンドル一つ飾られていないのだってそうだ。この家でここまでに目にした何もかもがそうだ。

「あなたが来たとき、キッチンの明かりはついていた？」私はフルーグに尋ねた。

「というより、一つでも照明はついていた?」

「ええ。いまついているものは、その時点でもついていました。ここと、リビングルームと、玄関。ガレージも。何もかも、管理人に鍵を開けてもらったときの状態のままです。そこのテーブルにあるバックパックを調べた以外、私は何一つ手を触れていません」フルーグはバックパックのほうに私を案内しようとした。

「それはまたあとで。一度に一つずつ進めましょう」私はそう言った。ペースを乱されたくないし、他人から指図されたくない。

この家の玄関を訪れ、歓迎のしるしにと言ってミニガーデンを差し出すドロシーを思い浮かべた。陽当《ひあ》たりがよすぎない北側の窓際に置いたのもきっとドロシーだろう。そこでふと気づいた。その窓の木材風のブラインドは全開になっている。キッチンの電灯の明かりがガラス越しにパティオを淡く照らしていた。

風に震えているバーベキューグリルのカバー。錬鉄のガーデンシェパードフックに吊《つ》り下《さ》げられた、空っぽの野鳥の餌入れとスエットホルダー。テーブルに椅子。ブラインドを全開にしたままスープを温めているところにストーカーが、殺人者がパティオに入ってきたのだとしたら、流しの上の窓越しにグウェンの姿が見えただろう。

「外がもう暗かったなら、なおさらよく見えたはず」私はフルーグに話す。「ブラインドはなぜ開けっぱなしだったのかしらね。奇妙に思える。ここまでに見たほかの部屋のカーテンはみんな閉じてあった。なのに、午後遅い時間、夕方に近い時間にキッチンにいたのに、ブラインドを閉めなかったの？」

「枯れた植物にそこまでこだわる理由は何です？」携帯電話でミニガーデンの写真を撮っている私を、フルーグは不思議そうに見ていた。「それの何がそんなに重要なんですか」

「動かす前の状態を確実に記録しておこうとしているだけ」私はミニガーデンを持ち上げた。「いじる前にね」流しの蛇口をひねって水を細く出す。

四分の一カップもやっておけば十分だろう。底から水が垂れてもいいように、素焼きの鉢を水切りラックに置いた。植物を枯らした人物に対する好感度は着々と下がっていく。

「世話をするのは簡単よ。最低限の日光と週一度の水やりだけでいいんだから」そう言わずにいられない。

「グウェン・ヘイニーは、どう見てもものを大切にする人ではなさそうですよね」フルーグがうなずいた。「きっとどこまでも自分勝手な人なんですよ。物心ついたときからソーシャルメディアにどっぷり浸かってきた世代なんて、ほとんどそうですけど」

「グウェンはソーシャルメディアのアカウントを持っていなかったそうよ」私は言った。「存在を隠すことに長《た》けていたみたい」

私は次にキッチンテーブルに近づいた。折りたたみ式ではなくしっかりとした寄せ木のテーブルで、これはグウェンではなく、この部屋の所有者のものだろう。そこに緑色のレザーのバックパックと財布が置いてあった。グウェンの運転免許証と並んで、〈#14〉とだけ書かれた札が下がった鍵の束がある。ここの部屋番号か。

「私が来たとき、テーブルの上にあったのはそのバックパックだけでした。そのときバックパックのなかを確かめました」フルーグが言う。「写真つきの身分証や携帯電話がないかと思って。携帯電話はいまだに見つかっていません。ここにはなさそうです。きっと犯人が持ち去ったんじゃないかと」

財布もバックパックも高価なブランド品だ。なかに分厚い札束が入っている。手の切れるような紙幣を親指でさっと確かめると、百ドル札ばかりだった。全部で数千ドル分はある。グウェンが三ヵ月分の家賃を前払いしたという話とも一致する。

「こんな大金、いったいどこから？」フルーグが訊く。「免許証を探したときはいくらあるのか数えてみませんでしたけど、相当な額ですよね。そんな現金を持ち歩く人なんて、ふつういませんよ。研究員っていくらくらいもらえるものなんでしょうね。だって、うちの母も研究者ですが、全然お金持ちじゃありません」

「グウェンの収入額はわからない」私は答える。「そこまで高給ではないと思うし、いつも現金で支払いをしていたら、間違いなく不審に思われる」

「食料品も通信販売で買っていたみたいですよ。でも、ネットショッピングだと現金では支払えません」

「クレジットカードもそう何枚も持っているわけではなさそう」私は財布をテーブルに戻した。「何も盗まれていないとすると、アメックスのクレジットカード一枚とデビットカード一枚だけ。身元を知られたくなかったとすれば、オンライン決済代行サービスを利用していたのかもしれない。ペイパル、グーグルペイ。いろいろある」

「何らかの怪しげなビジネスに関わっていたのは確かですよね。さっきおっしゃってたみたいに、企業スパイとか」

「確実に言えるのは、グウェンを狙った動機は物取りではないということ」私は言った。「お金も、ノートパソコンも盗まれていない。犯人の目的は金目のものを盗むことではなかった」

8

グウェンの運転免許が最後に更新されたのは四年前だった。住所を見るかぎり、ボストンに住んでいた当時のことだ。写真のグウェンはぽっちゃりしていて、短い髪はプラチナブロンドに染めてある。オーガストが電話で話していたとおりだ。

ぱっと見たところでは、殺害された女性と同一人物には思えない。しかしよく観察すると、骨格が似通っているし、耳の形や鼻の高さも似ている。ただし身長は食い違っていた。運転免許証に記載されたグウェン・ヘイニーの身長は百六十三センチとなっている。

私は遺体を計測したから、実際にはそれより三センチ低いことを知っている——保冷庫に横たわっている被害者が、確かにグウェン・ヘイニーであるとすれば。身長の多少の食い違いくらい、大したことではない。歯科治療歴や美容整形歴、健康習慣、各種インプラント、ひそかな悪習。そういった嘘に、私は慣れっこだ。

人生の最後に診察を受けるのが監察医だと、嘘は暴かれる。私はキッチンの戸棚を調べてもかまわないかとフルーグに尋ねた。

「どうぞご自由に」

戸棚には、リビングルームで割れていたものと同じトール研究所のロゴ入りマグが二つと、医療用マスクが一箱あるだけだった。マスクの箱は開封されていない。私たちが家で使っているのと同じブランドのものだった。私はまたもドロシーを連想した。パンデミック以来、ドロシーは、状況にかかわらずマスクを着けなくても大丈夫と思っている人を見ると、かならずマスクを差し出す。

次に食料庫をのぞいた。紙皿、紙ナプキン、アルミホイル、ペーパータオル、ビニールの密閉袋、プラスチックのフォークやナイフ。缶入りスープやエナジーバーの大量の買い置き。冷蔵庫にはミネラルウォーターやプロテインスムージーのプラスチックボトルが並んでいた。ほかにケチャップとマスタード、チキンヌードルスープらしき料理が入った蓋つきの鍋もある。

食器洗浄機を開けると、スープをかき混ぜるのに使ったスプーンが入っていた。いまリビングルームで割れた状態で残っているマグに、食べたい分をよそうのにもこのスプーンを使ったのだろう。スープの残りは、保存に適した容器に移さずに鍋ごと冷蔵庫に入れた。

流しの下のくず入れを引き出す。紙ナプキンや紙皿、スープの空き缶、調理済み食品のパッケージでいっぱいだ。水やプロテインスムージーのプラスチックボトルも入っている。リサイクルに回すべき資源だろうに。私はこれもグウェンの違反行為のリストに加えた。

「最低でも数日はごみを出していなかったようね」バスルームのくず入れもあふれかけていた。「冷凍庫はインターネットで購入可能な冷凍食品でいっぱい。フライドチキンテンダー、ピザ、ハンバーガー」

「だとすると、何日かに一度はかなりの数の荷物を受け取ってたことになりますね」フルーグが言った。「要するに、パンデミックが始まって以降の世の中の人と同じ生活をしていたということでは。私はいまも買い物には行かずに、大半のものを宅配してもらってますよ」

「グウェンがこういう生活をしていた理由は、パンデミックではないと思う」私は言った。「それに、届け物は管理事務所で受け取ってもらっていたんじゃないかしら」

「あの管理人、住人の生活ぶりをさかんに嗅ぎ回ってたみたいです。私なら、管理人の身辺を徹底して調べますね」フルーグは言った。「ただの偶然かもしれませんけど、あの人がオールド・タウンに来てからまだ一年もたってないとか。しかも、彼がここの住み込みの管理人になった直後に、デンジャーフィールド・アイランドで女性ランナーの死体が発見されてるんです」

「その事件は初耳だわ」私は困惑ぎみに言った。「デンジャーフィールド・アイランドで前にも死体が見つかったなんて、いま初めて聞いた」

私の前任者はほかにどんな不始末をしでかしているのだろう。これからほかにどんな失態が明るみに出るのだろう。

「今年の四月十日の夜。遺体はキャミー・ラマダという女性でした」フルーグが事件について説明する。

どういうわけか、事故死と断定されたのだという。どうして事故とされたのか。被害者に何か健康上の問題があり、マウントヴァーノン・トレイルをランニングしているあいだに転倒したとか？

「ちなみに、あのトレイルはそこまで川に近いわけじゃありません」フルーグは説明を続ける。「なのに、なぜか水に顔が浸かった状態で川岸に倒れていました」

「暴力の痕跡はあった？」私は尋ねる。

「ランニングシューズが片方だけ、五メートルくらい離れたところに落ちていましたし、遺体には激しい暴行を受けた痕跡がありました。でも、先生の局は、結局、疑いの余地なく事故死であると断定したんですよ。しかも証拠の分析もせずに」

「当時は私の局ではなかったわ」四月にはまだヴァージニア州に移ってきていなかったと念を押す。「聞いていると、あなたは現場に行ったようね」

「その日は夜間のシフトだったので。午後九時ごろに無線が入りました。ランニング向きの天候じゃありませんでした。肌寒くて、ときどき雨がぱらついたりして」フルーグは記憶をもとに話を続けた。彼女の記憶の正確さときたら、異様なくらいだ。

「正直言って、パトロールカーで現場に一番乗りしたとき、背筋がぞっとしましたね」

あたりは真っ暗だった。川と反対側を走る線路を列車が通り過ぎていった。遺体を発見したカップルは、完全に取り乱していた。フルーグが現場に到着して三十分ほどして、連邦公園警察のオーガスト・ライアン刑事が現れた。

「先週の金曜にも一緒に現場を見たけれど、オーガストはその事件には一言も触れなかった」私は言う。「ちょっと意外よね」

「そうでもありませんよ。みんな目をそらしていましたから」フルーグは言った。

「殺人事件に注目が集まらずにすめば、そのほうがありがたいわけです。ちょうど観光シーズンが始まる時期でした。それだけ言えば十分ですよね？」

「それが理由ではなかったと思いたいわ」

「アレクサンドリアには、一千エーカー近い公園や緑地があります。観光で成り立っているような街なんですよ。しかもワシントンDCからすぐ近くですし。こう言えばいいですかね。連邦公園警察のエース、オーガスト・ライアン刑事が現場に現れると同時に、ドクター・レディもやってきた」フルーグがそう付け加えた。私は驚き、ますます落ち着かない気持ちになった。

じきじきに現場に赴くなんて、私の前任者エルヴィン・レディらしくない。私は今日夕方のオーガストとの電話のやりとりをまたも思い出した。金曜の夜に何時間も一緒にいたあいだに交わしたやりとりも。オーガストは何か大事な情報を私に伏せているようだ。

「それ以前に、エルヴィン・レディが現場に来たことは一度でもあった？」私は訊いた。

「あるわけないですよ。一度だってありません」フルーグは答えた。紙がこすれるようなタイベック素材の音が近づいてくるのがかすかに聞こえた。「ドクター・レディに直接連絡してはいけない、就業時間後に邪魔をしてはいけないというのが暗黙のルールでした。噂では、夜はゆっくりマティーニを楽しむ習慣らしいですよ」

「俺はしばらくここに残ることになりそうだよ、先生」マリーノがキッチンに入ってきた。顔が火照って汗みずくだ。「悪いな。あんたはそろそろ引き上げるころだろ？」

付け加えた。

「あと少しで終わる」トラックに置いてきた荷物を取ってこなくてはいけないと私は

マリーノはカバーオールのポケットから車のキーを取り出してフルーグに渡した。

「帰る前に忘れずに返してくれよな」マリーノは厳《いか》めしい声で言った。私にどうやって家に帰れというのだろう。

私の車は検屍局に置きっぱなしだ。勝手に押しかけてきたマリーノの車が、まさか片道切符になるとは思っていなかった。しかしマリーノとオーガストは、このあとこの家を徹底捜索するつもりでいる。新任の法医学運用スペシャリストはそう説明した。どうやらすっかり意気投合したようだ。

「誰かに連絡して迎えにきてもらわなくちゃいけないかも」私はフルーグに言った。マリーノはリビングルームの仕事スペースに戻っていく。そこではオーガストが電話中だ。

「乗ってきた車をすぐそこに駐めてあります」フルーグが言う。私たちは検分ツアーを再開した。「私が送っていきますよ」

キッチンの奥の洗濯室の明かりはついたままだった。洗濯機と乾燥機をのぞく。どちらも空だ。バスケットにランニング用のソックスとタイツが入っていた。きっと汚れものだろう。次にガレージに通じるドアを開けた。ガレージに車は駐まっていない。私はドア口から三メートルほどのところに残っているタイヤ痕や、乾いて黒っぽく変色した血のしずくらしきものを注意して観察した。

しずくは正円だ。つまり、ほぼ垂直に地面に落ちたことになる。殺害された女性の後頭部にあった裂傷を思い浮かべる。

「ダンベルか何かで殴られたとき、頭皮が裂けた」私はフルーグに言った。毛布にくるまれてガレージに運びこまれる被害者を思い描く。「そのときまだ息があったなら――まだ血圧があったなら、かなり出血したはずよ」

「彼女を抱えて運んだなら、犯人は相当な力持ちですよね」

「これまでのところ、引きずった痕跡はどこにもない」私は言う。「車をバックでガレージに入れたとすると、ちょうどトランクが来そうな位置に血痕が残っています」

「あなたが到着したとき何も変わっていないのよね？」私は確かめる。「明かりはついていた？」

「はい」

「いまあなたが開けてくれたドアは、そのときは閉まっていて、鍵がかかっていたの？」

「閉まっていましたが、鍵はかかっていませんでした」

「ガレージのシャッターは下りていた？」私は携帯電話でタイヤ痕を写真に収めた。コンクリート床に黒ずんだ赤い星座を描いている、血らしきもののしずくも。

「はい。犯人はどうやって閉めたのかと考えると、リモコンを持っていたとしか思えません」フルーグが言う。「壁のボタンを押してから、閉まりかけのシャッターの下をくぐって出るのは無理です。安全装置が作動して、シャッターが止まってしまいます」

「あなたならどうしたと思う？」私は難問に直面すると、あなたならどうするかと周囲に意見を求めることにしている。

　尋ねる相手は犯罪者である必要はない。人間であればいい。結局のところ、人間の考えることなど大差ないのだ。凶悪な犯罪者でなくても、解決法は思いつく。

「私なら、死体をトランクに入れて、車をガレージから出します」フルーグが言った。彼女も私も明かりの灯ったガレージを見回している。

「グウェンは車を持っていない。犯人がストーキングしていたなら、それは知っていたはず」

「ここの敷地の外だけれど遠くない場所にあらかじめ車を駐めておきます」フルーグが犯人の思考をなぞる。

その車をガレージに入れ、シャッターを下ろす。遺体を積みこんだあと、車をガレージから出す。

「リモコンがないなら、ガレージのなかのボタンを使ってシャッターを閉めます」フルーグが続ける。「それから家のなかを通って外に出ます」

「どうやって？」

「たぶん、来たときに使ったドアから」

犯人が使ったのはおそらく、パティオに面したダイニングルームのドアだ。そう考えると、外はもう暗いのに、流しの上の窓のブラインドが開いていたことに説明がつきそうだ。

「グウェンはパティオに人が来たことに気づいて――犯人がドアをノックしたんでしょうね――窓から外を確かめたのかもしれない」私は言った。二人でキッチンに戻る。

「そしてその人物を招き入れたようですね。とすると、何がわかります？」

「初めは不安に思わなかったということ」私は言う。「顔見知りだったのかもしれない」

リビングルームを通り抜けた。マリーノもオーガストも誰もいない。それぞれPPEを脱いでタウンハウスを出た。小型テントや警察車両の横を通り過ぎる。嵐は遠ざかったようだが、まもなく次の嵐がやってくる予報だ。濡れた枯れ葉が、まるで水を吸った段ボールのように舗装面や煉瓦に張りついていた。

「いつも肝心なものを切らしちゃうんですよね」フルーグは私の鑑識ケースを運ぶと言って聞かず、自分もパトロールカーに同じようなケースを積んでおくことにすると言った。「ピュレルやライソルの消毒剤がしょっちゅう切れてしまって。それにナルカンも」

ナロキソン塩酸塩、販売名ナルカン点鼻スプレーは、アヘン様物質の効果を打ち消すオピオイド拮抗薬《きっこう》だ。フルーグによると、先週の金曜に路地裏でドラッグ過剰摂取者《オーバードーズ》を救護したとき、トランクに積んでいたナルカンを使い切ってしまったのだという。

「二人ともオピオイド系鎮痛薬を処方されたのをきっかけにヘロイン中毒になったとか。過去に何度か心肺停止したことがあるようなレベルの、かなり重度の中毒です」フルーグが説明する。「だいぶ質の悪いドラッグをやってしまったみたい。路上のいかがわしい売人から買うなんて、よほど切羽詰まってなくちゃできません。過剰摂取で死ぬか、何かほかの原因で死ぬか、どっちが先かって話ですから」

「何本か譲れるわよ」私は言った。

検屍局の監察医や調査官には、ナルカンとエピペンはつねに十分以上の量を持ち歩くように言っているのだと私は話した。いつ何時それで誰かを救うことになるかもしれない。ひょっとしたら救われるのは自分かもしれない。

「いい車ですね」マリーノの黒ずくめのフォード・ラプターのところに来ると、フルーグはいろんな角度からながめ回した。「妹さんの本はよほど売れてるんですね。でも、マリーノが妹さんと結婚してるなんて、不思議な感じじゃありません？」

フルーグは私の私生活をどこまで知っているのだろう。並んで小雨《こさめ》まじりの霧のなかを歩いた。防護服に身を包んだ鑑識チームが、必要な器材や薬品を次々と玄関から運びこんでいく。テレビ局の中継車がまた一台、タウンハウスの前に駐まる。ディナ・ディレッティと撮影クルーがいなくなっているのがせめてもの救いだ。それにいまは制服警官が規制線に目を光らせている。

白いタイベックを着たマリーノとオーガストの幽霊のような輪郭がパティオのあちらこちらに懐中電灯の光を投げている。フルーグは急ぎ足でパティオに行き、マリーノに車のキーを渡す。犬の散歩に出た近隣住人がロータリーをぐるりと巡りながら、何ごとだろうとこちらをうかがっている。私は市警の巡査に送ってもらっていまから帰るとベントンにメッセージを送った。

〈さっそくスコッチのボトルを棚から下ろしたよ〉——ベントンから返信が届いた。

私の分はダブルでお願いと返信した。マリーノはオーガストと一緒に建物の裏手、錬鉄のフェンスや桟橋がある方角に消えた。フルーグが小走りに戻ってきて、お送りしますから行きましょうと言った。

「検屍局で下ろしてもらえると一番ありがたいわ」私は歩道際に停まった警察仕様のフォード・エクスプローラーのロックを解除するフルーグに言った。「自分の車を置いてあるの。この時間なら道路もさほど混んでいないでしょうし、検屍局に送ってもらえるととても助かる」

「それはだめです、局長」フルーグは後部座席のドアを開けて私を乗せた。「どこにも寄らず、安全無事にご自宅までお送りせよという命令ですから」ばたんと音を立ててドアを閉めた。私は誰の命令かとは尋ねなかった。

マリーノの命令に決まっている。またしても意思決定権を乗っ取られ、交通手段を取り上げられた。明日はどうやって出勤すればいいのか。夜間に別の現場に呼び出されるようなことになったら、さっそく困ってしまう。フルーグが私のペリカンの鑑識ケースをシートに置いた。私は大きな音を立ててプラスチックの留め具をはずした。

「これでとりあえずしのいで」鑑識ケースから四回分のナルカンを取ってフルーグに渡す。

「ありがとうございます。でも、全部いただいちゃうと局長が困るんじゃありません？」

「在庫はまだあるから」私は請け合う。

フルーグは運転席に乗りこむ。革のデューティベルトがぎゅうと音を立て、そこに下がった鍵が軽やかな音を立てた。携帯用無線機を充電器にセットし、シートや片側の腰に下げた拳銃と反対側のスタンガンの位置を微調整した。

「この界隈で起きたことはほとんどすべて把握してます。それが仕事だからってだけではなくて、オールド・タウンの資産を守るのは私個人が負った責任でもあるからです」フルーグはわざわざそんなことを言った。「政治家や局長を始めとする重要人物は、世界情勢にとてつもなく大きな影響を与えますから」

9

フルーグは車のエンジンをかけた。シートベルトは締めなかった。それに気づいて、私はマリーノを連想した。

マリーノは、ベルトで固定されていないほうが生存の確率が高くなるという誤った信念を譲らない。銃を向けられて、一刻を争って逃げなくてはならないことだってあるだろうと言う。爆弾で吹き飛ばされそうになるかもしれない。火をつけられたり、暴徒化した市民に車から引きずり出されて殴り殺されそうになったりするかもしれない。

「パトロールに出たら、街で起きていることをできるだけ見逃さないようにしています」車はコロニアル・ランディングの出口ゲート前で速度を落とした。「オールド・タウンはメイベリー〔一九六〇年代のコメディ番組『メイベリー１１０番』の舞台である架空の町。「平和な田舎町」の代名詞〕みたいなものです。住人の誰が在宅しているか、誰と誰は仲がよくて、誰と誰は仲が悪いか、簡単に把握できます」

ゲートが開くのを待って、フルーグは私の姪の話を持ち出し、同じ敷地内で暮らすのはどんな感じかと尋ねる。

「ご不幸があったことは聞きました」私が答えずにいると、フルーグはそう言って沈黙を埋めた。「おつらいでしょうね。想像しただけで苦しくなります。パートナーとお子さんをいっぺんに亡くすなんて」

「ルーシーと知り合いだったなんて知らなかったわ」私はようやくそう答えた。

「顔見知り程度ですけど。しばらく前には、マリーノとルーシーがハーレーを走らせているところをときおり見かけます。猫ちゃんをキャリアに入れて動物病院から出てくるところを見かけましたし」

なぜほかの小動物ではなく猫だと知っているのだろう。

「何ヵ月か前には、ルーシーのヘリコプターがポトマック川に沿って飛んでいるのも見ました」フルーグは続ける。なぜルーシーのヘリコプターだとわかるのか。「ヘリなんて、私は一度も乗ったことがありません」

「先週の金曜の夜は当番だった？」私の生活や家族のことから話をそらそうと、私はそう尋ねた。

「ええ、もちろん。ただ、さっきナルカンの手持ちがないって言ったとき話した、オーバードーズの人の救護で忙しくて」

「とすると、グウェンが襲われて拉致される前後にこの周辺で不審な車を見かけたりはしていないわね」

「いま推定される事件発生時刻ごろなら、何キロか西にあるメタドン・クリニック〔各地にある、ヘロインなど薬物中毒の治療のためメタドンを配布している診療所〕の近くの路地にいました。オーバードーズした二人はそこでヘロインを打っていたんです」フルーグは答えた。「私はそこに何時間もいました。残念ながらね。いつもどおりパトロールをしていたら、何か目撃したかもしれませんが」

「グウェンのタウンハウスに現れた人物がこの界隈に長時間とどまったとは思えない。車に乗っていたにせよ、徒歩で移動したにせよ、来るときも立ち去るときも一番の近道を経由したはず。いま私たちが通っているような脇道や路地を使って」新鮮な空気を入れようと、私はそばのウィンドウを少しだけ開けた。

最悪の嵐は去り、人々が通りに戻ってこようとしている。フィッシュ・マーケットというレストラン――ルーシーはここのクラムチャウダーやロブスターとアボカドのトーストサンドが好物だ――で夕食をテイクアウトしている人たち。その近所のバグジーズの前にも何台か車が駐まっていた。ドロシーに言わせれば、ここはアレクサンドリアで一番のピザとチキンウィングを出す店だ。

それで私が避けたい話題を忘れてくれるだろうと思い、何かあなたのことを話してと私はフルーグに頼んだ。フルーグは十五年前にヴァージニア・コモンウェルス大学を卒業した。子供のころから検事に憧れ、夢はロースクールに行くことだった。しかし願書すら出せずじまいになった。

「母が証言した裁判の話をさんざん聞かされて、格好いいなと思って」フルーグはそう説明した。「だけどどうやら、私は陪審の前で弁論する運命にはなかったみたい」

フルーグは投げやりとも聞こえる様子でそう言った。しかし私には彼女の内心の失望が伝わってきた。なれなれしい話しぶりが災いし、無遠慮で自信過剰と誤解されがちだろうが、この人はおそらく単に自立心旺盛なだけだ。高名な成功者である母親の娘としてではなく、実力で評価されたいと望んでいる。

「局長はもうリッチモンドから離れていらしたから、私の父が雨樋《あまどい》を掃除していてはしごから転落したことはご存じないですよね」フルーグは続けた。「私は大学を卒業したばかりで、家で父の介護をすることになりました」

「知らなかったわ」私は答えた。「お気の毒に」

「ロースクールになんてとても行く余裕はなくて、だったら警察官になろうと決めました。でも、リッチモンド周辺で働くのは無理でした。母の存在があったから」

「お母さんと同じ管轄で働きたくなかった。お母さんの影になるのはもっといやだった」私は言った。その気持ちはよくわかる。

同じ公判で証言することになったら、やりにくいことこのうえないだろう。私はキャリアの初期から同じ厄介な状況を何度も経験してきた。マリーノやベントンとだけではない。たった一人の姪、私にとっては娘も同然のルーシーと、法廷で相対したこともある。

「リッチモンド周辺では、誰でも〝毒の先生《トックス・ドック》〟を知っていますから」フルーグはさっきと同じように芝居がかった調子で声をひそめた。「先生だって母のことはご存じですよね。はっきり言って、あの人はカメラに映るのがとにかく大好きですから」

車は歴史的建造物に指定された邸宅が集まる地域をゆっくりと進んでいく。フルーグは自分の側のウィンドウを下ろし、密に茂った生け垣や緑したたる邸宅の敷地、冬を前に休眠中の庭園に携帯形のスポットライトの強力な光を向けている。ベントンと私が見つけて購入した家も含め、オールド・タウンの邸宅にはアメリカ建国よりも時代をさかのぼるものが多い。私たちのささやかな母屋と離れ二棟は、一七七〇年にある船長の手で建てられた。

フルーグは、殺人犯が衣類や毛布、凶器などの証拠を捨てた可能性がありそうな場所を見つけるたび、注意深く目をこらしている。こんな近場に証拠を捨てたとはまず考えられない。私はそうフルーグに説明した。不利になるような証拠はもっと目立ちにくい場所で処分したはずだ。

「ここと、デンジャーフィールド・アイランドのあいだにあるごみの廃棄場とか、大型ごみ容器とか」私は言った。車は、もとは馬や馬車のために造られた丸石敷きの路地や脇道をたどっていく。

来たときのマリーノと同じように、大回りのルートを行くしかない。川沿いに直線距離で移動するのは単純に不可能だ。建設途中のものも含めて、ゲートで守られていて通り抜けができないコンドミニアムに次々と行く手を阻まれる。川に面した界隈には、ほかにも公園やビーチ、ホテル、ボートクラブが密集している。

「あなたのお住まいはどこ？」木立の合間に私の家の明かりやガス燈が見えてきた。「あまりにも遠回りさせちゃったんじゃなければいいけれど」

「ウィルクス・ストリートです。タネリー・ハウスのそば。ここからもすぐです」

「私のアシスタントが住んでいる近くね」

「コーギーを散歩させているのをよく見ますよ」フルーグが言う。マギーの飼い犬は、もちろん、イギリス女王と同じ種類だ。

「インターフォンのボタンを押して」ドライブウェイの入口ゲートに来たところで、私は言った。「誰かがゲートを開けてくれるから」

相手が警察官であっても、暗証番号を教えるつもりはない。フルーグはウィンドウを下ろした。大きな警告音に続いて、ゲートがレールの上をすべる音が聞こえた。ゲートを抜けるこの車を、ルーシーが敷地に設置した多数のカメラがとらえているはずだ。ひょっとしたらルーシーはその映像をライブで見ているかもしれない。あるいはベントンが。私の帰りを待っている人がいる、私は愛されている、私の不在をさみしく思ってくれる人がいるのだと思うと、心が温かくなる。

大切な人たちが私を待っている。私が生きていること、元気でいること、死んだりしていないことを喜んでくれている。そのことに、これほど心を慰められるとは。パンデミックは多くを奪ったが、考えようによっては同じくらい多くを与えたのだ。

冬を迎えて、老木はどれも裸だ。枝という枝が今夜の強い風にもてあそばれている。揺らめくガス燈の光は暗闇に押され気味だ。フルーグと私は丸石敷きのドライブウェイをたどった。その途中にルーシーが住むこぢんまりとした離れが建っている。広くはないが居心地のよいコテージは、ガレージや母屋と同様、白漆喰《しっくい》塗りの煉瓦壁にスレート屋根の造りだ。ベントンと私はルーシーが一緒に暮らすことを前提に新居を探していたわけではなかった。引っ越してきたルーシーが最初にしたことは、完全遮光の鎧戸を取りつけることだった。屋内の照明、テレビ、パソコンのディスプレイの光はいっさい外に漏れることがない。

いまルーシーが家にいるのかどうか、見分けようがない。出迎えに来ないのは意外だった。フルーグが母屋の前で車を停めた。窓辺でワイヤレスのLEDキャンドルがほのかな光を放ち、ツゲの木立を白いLEDランプがきらめかせている。玄関が開いて、ベントンが現れた。彼の足もとから長い影が伸びた。スーツにネクタイを締めている。車のヘッドライトに照らされて、銀髪が明るく輝いた。

「うそみたい」フルーグはベントンから目を離せずにいる。「だって、正真正銘のレジェンドですよね。これ、ものすごい褒め言葉です。私は連邦政府、とくにFBIが大嫌いですから」

「夫がFBIを辞めてもうずいぶんたつわ」私は車のドアを開けた。

「でも、初めはFBIにいたんでしょう。FBIの一流プロファイラーだった。いまはシークレットサービスで似たような仕事をしてるんですよね」フルーグは空白の部分を憶測で埋めながら、ベントンと私の歴史を振り返るようにそう言った。

「ベントン・ウェズリーです」彼がフルーグに自己紹介した。私は防弾仕様のブリーフケースを持って車を降りた。「妻を安全に送り届けてくださってありがとう」フルーグも自己紹介した。彼の評判は聞いていること、母親がよく〝サイコ・ウィスパラー〟の話をしていたことを付け加えた。

「よりによってあなたに言う必要はないと思いますけど、近所で事件があったから気をつけてください」フルーグは助手席側に身を乗り出し、開いたウィンドウ越しにベントンに言った。「グウェン・ヘイニーを殺害した犯人は、手慣れているようですから」

ベントンは私の鑑識ケースを持ち上げた。その表情やしぐさを見て、彼が事件のことをわずかでも知っていると思う人はまずいないだろう。しかし私は、何も知らないどころかすべて知っているのではないかという気がしてならない。今日、ベントンはどこに行っていたのだろう――このときもまたそう思った。

「さあ」ベントンが私に向かって言った。「家に入ろう」

私たちはフルーグにもう一度お礼を言い、むっとした顔つきで走り去るフルーグを見送った。むっとしているというのは、私の勘ぐりすぎかもしれないが。

「寄っていかないかときみに誘ってもらえると期待していたのではないかな」ベント

ンは玄関前の通路を私と並んで歩き出しながら言った。「きみと話すのが楽しくてしかたがない様子だった」

「私といて楽しいのかどうかはわからないけれど、あのまま一晩中、車で連れ回されるんじゃないかと不安になりかけていたところ。道端やら路地やらをスポットライトで照らして証拠を探したり、私たちのことをあれこれ詮索したり」

「そんなことではないかと思ったよ」

「きっと人恋しいのね。でも残念ながら、おしゃべりにつきあう気分ではなくて」罪悪感が胸をちくりと刺す。「今日の分のサービス精神はもう使い果たしてしまった」

「私は幸せ者だな」ベントンが言う。

家に入った。防犯アラームが甲高い音を響かせ、玄関のラグの下でアンティークのストローブマツの床板が軋《きし》んだ。リビングルームからテレビのニュース番組の音声が聞こえている。スピーカーからはクリスマスソングが流れていた。いまはどちらにも耳をふさぎたい。

「ついさっきマリーノと話をしたよ」ベントンが言う。「きみをフルーグ巡査に送らせるとマリーノから聞いて、巡査はまるでお祭りのようにはしゃいでいるだろうと思っていた」

「覚えている？　私たち、リッチモンド時代に彼女のお母さんと仕事をしたことがあるのよ」

「毒の先生《トックス・ドック》。誰が忘れるものか」ベントンはフルーグのお母さんを好いていない。

「鑑識ケースはドアのそばに置いてもらえる？」私はコートを脱いだ。疲れきっていた。「朝、持っていくのを忘れたらたいへん。家には二つあって、オフィスには一つもないことになってしまう。それに、ナルカンを補充しておかなくちゃ」

「会えてうれしいよ」ベントンがキスをする。「いろいろ話すことがある」

ベントンがペリカンの大型ケースを隅に下ろす。光の具合によって緑色を帯びる茶色の瞳は、何かに気を取られているような表情をしている。私はブリーフケースを玄関テーブルに置き、ベントンを抱き締めた。ピンストライプのスーツが本当によく似合う。イニシャル入りのフレンチカフがついた濃灰色のシャツに、完璧な形に結ばれたシルクのネクタイのブルーが鮮やかに映えていた。

ベントンはいつもどおりよい香りをさせている。後ろに梳《と》かしつけたプラチナ色の髪、彫りの深い顔立ち。年齢を重ねるにつれ、ますますハンサムになった。少なくとも私にはそう思えた。私は自分のみっともない有様《ありさま》を謝った。

「それに帰りが遅くなってごめんなさい。ディナーの約束をだいなしにしてしまったわ」私は玄関のクローゼットを開け、今日はどこに行っていたのかと尋ねた。「今日はリモートで仕事をしているものと思ってた。何かあったの？」

「本部で緊急の会議が開かれてね」

「何について？」私はコートをハンガーにかけた。

「グウェン・ヘイニーについて」ベントンはそう答えた。私は驚きと困惑を感じた。

「私より先にグウェンのことを知っていたということ？　どうして？」状況がのみこめない。「警察から私に連絡があった時点でもう、あなたは会議を終えて帰宅する途中だったわよね。グウェンが行方不明だと判明してもいない時点で。シークレットサービスは私たちより先に情報を入手していたの？　もしそうなら、どうして？」

「彼女は別の件にも関わっていたからだ」ベントンはそれしか言わなかった。私の妹のドロシーが来たからだ。全身をじゃらじゃらぴかぴかさせて、まるで歩くカーニバルだ。

『いじわるグリンチのクリスマス』の緑色の怪物グリンチの着ぐるみには、グリンチが盗んできたサンタクロースの袋の小さな刺繍が無数に入っている。先が尖ったくるぶし丈の靴の爪先には鈴。腕や首に巻きつけた折り曲げ自在の蛍光スティックが赤や緑の光を放っている。見ているだけでめまいがしてきそうだ。

「誰が何に関わってたの？」やりとりの断片が聞こえたのだろう、ドロシーはいきなりそう訊いた。「きっと死んじゃったお隣さんね」これは私に向けて言った。「まったく、怖いったらない！　ずっとテレビにかじりついてたわ。あなた、グウェン・ヘイニーのタウンハウスの前でデイナ・ディレッティから逃げたのよね。それもニュースでやってた」

「全国ネットで流れたんだ」ベントンが私に言う。

「フォックスとCNNで」ドロシーは感心したように言った。まぶしく点滅している蛍光スティックが目障りだ。肩下まで伸ばした髪には白いものがまじっている。

その髪は後ろで一つにまとめ、ヤドリギの小枝で留めてある。それと緑色のラメ入りアイシャドウとが相まって、ドロシーは宇宙人のようだ。さまざまな形式のリモート・コミュニケーションが当たり前になって以来、ドロシーは特定のテーマに沿ったメイクをし、派手な衣装を身に着けるようになった。

ドロシーは毎日かならず何らかの理由でカメラの前に座る。ポッドキャストの配信も始めたし、ソーシャルメディアに自撮り写真を投稿したりもしている。今夜のドロシーのお祭りじみた出《い》で立《た》ちは、最悪の一年を過ごした一人娘の誕生日であることとはまったく無関係だ。賭けてもいい。ドロシーは他人のことなど何も考えていない。

私の妹は、生まれつき同情や共感を欠いているらしい。その欠如がＤＮＡに刻みこまれているのだ。ドロシーは年齢とともに私たちの母親とそっくりになっていく。母親は去年、パンデミックが猛威を振るっているさなかに、フロリダ州マイアミの高齢者介護ホームで死んだ。快活でチャーミングなドロシー・〝ドロ〟・スカーペッタ――妹は母の名前をもらった――は、カリスマ性を備えたナルシシストで、まさにこの親にしてこの子ありだ。

それは私にも当てはまる。私は勤勉で寡黙な父親に似た。妹に言わせれば、私はうんざりするほど責任感が強く、まじめで、仕事しか頭になく、冗談が通じない。要するに私は〝悲劇の織機で織った夢をコートにして〟着ているかのような、〝代わり栄えしない退屈〟な人間。これはあくまでも妹の言葉であって、私自身はそうは思わないが。

私たちが過ごした子供時代を妹は忘れてしまったのではと思うことがある。覚えているのはきっと、私が父の名前をもらったこと、私と父が二人ともケイ・スカーペッタであることだけではないか。父の初めての子、同じ名前を与えた子である私は、特別の存在だった。少なくとも妹の目にはそう映った。父が私を頼りにしたことで、妹の怒りはますます募った。

10

「そのアクセサリーをオフにしてもらえるとありがたいわ」私はドロシーに言う。

「ちかちかする光なら、今夜はもう十分すぎるほど見たから」

「いいけど、つまらないわね」ドロシーは長く重い溜め息とともにスイッチを切った。「はい、オフにした。これでいい？　あら、真っ暗ね。ケイと同じだわ」

どれほどみっともないか改めて確認するように、私をじろじろとながめ回す。

「濡れた犬みたい。濡れた犬のにおいまでしてきそう」私に向けられるとき、ドロシーの軽口には棘《とげ》が生える。

「それよりアーマオールね」私は言った。ふとした瞬間に艶出しスプレーのにおいがいまでも鼻をかすめた。「マリーノに借りたタオルのにおい」

「そうなの？　電話してもメッセージを送っても通じやしないから、彼がどうしてるか知らないけどね。あなたと一緒に刑事と泥棒ごっこをしてるときはたいがい連絡が取れなくなる」

「マリーノは私と一緒じゃないし、もう何時間も前から別行動を取ってるの。まだしばらくは連邦公園警察の刑事と一緒のはず」私は妹のいやみを無視して言った。

「ちゃんと詳しく話してよ」ドロシーが私に迫る。ベントンは黙って見守っている。

私たち姉妹の言い合いはいまに始まったことではないし、聞いていておもしろいものでもない。「どんな敵なのか教えて。私に危険が及ぶなんてことはありそう？　その頭のおかしな奴が近所の誰に目をつけてるか、次に誰を狙ってるか、わかったものじゃないわよね」

「そういう話はできないのよ、ドロシー」

「そんなの納得できない！　だって、二軒隣の人が誘拐されて殺されたのよ、何がどうなってるのか、私には知る権利がある」

あの晩はひどいお天気だったから——とドロシーは自分の話を始めた——どこにも出かけずにマリーノと家でテレビを見ていることにした。ホットウィスキーを飲み、感謝祭のごちそうの残り物を食べていた。まさか、知り合ったばかりの隣人の身にそんな痛ましいことが起きているなんて想像もしなかった。

「悔しいのはそれよ」ドロシーは言う。物語を作ることにかけて、私の妹ほどドラマチックな人はいない。「せめて知っていたら！　せめて知っていたら、何かできたのに。ピートなら、大きな銃を持って彼女の家に駆けつけたでしょうに。そこで事件は終わっていたでしょうに」

「テレビを見ているあいだ、家の前を通る車の音が聞こえたりは？」ベントンが訊く。

「聞こえなかった。でも、聞こえなかっただけで、車は通ったのかも」ドロシーが答える。

あそこのタウンハウスは造りがしっかりしていて、窓は二重ガラスになっている。防音性能が高い上に外は荒れ模様だった。しかもテレビがついていたのなら、家の前を車が通る音に気づかなかったとしても不思議はない。カーテンを閉めてあったなら、窓から見えたりもしなかっただろう。それでも、各戸の玄関に防犯カメラが設置されている。マリーノはその映像を確認したのかと私は尋ねた。

「前の通りが撮影範囲に入っているなら、何か映っているかもしれない」

「もちろんチェックしたわよ」ドロシーは不機嫌に言った。「でも、何一つ見えない。通りの様子までは映っていないの。本当にひどい話だわ。グウェンをよく知っていたわけじゃないけれど、そもそも知り合いになんてならなければよかった。いまは何より、関わってしまったことを後悔してる」

「グウェンのタウンハウスに入ったわけでしょう。除外の目的で、警察からDNAサンプルの提出を依頼されると思いますよ」ベントンはネクタイをゆるめ、シャツの襟もとのボタンをはずした。「何度入りましたか。最後に入ったのはいつ？」

「彼女が引っ越してきた直後に新居祝いを持っていったとき。その一度だけよ」ドロシーは答えた。私は瀕死《ひんし》のミニガーデンの件は黙っておくことにした。「そのあと、二週間か三週間後に、ピートとルーシーがセキュリティの相談にのったの」

「ところでルーシーはどこ？」私は訊いた。

ゲートをはじめ、敷地の緑豊かな境界線沿いに防犯カメラがいくつも設置されている。私が帰宅したことは、ルーシーもカメラの映像を見て知っているはずだ。パソコンのモニターと携帯電話のアプリの両方でカメラ映像を確認しているのだから。ルーシーがまだ顔さえ見せずにいることに、傷ついていないと言えば嘘になる。誕生日なのに帰りが遅くなってしまって、腹を立てているのでなければいいが。

「グウェンはこっちの厚意を喜んでいるようには見えなかったし、愛想もよくなかったた」ドロシーは言った。「いま思えば、山ほど隠しごとがありそうな態度だったわね」

「一度だけ訪問したあと、電話で話したりは？」ベントンが質問を続けた。

「番号を知らない。教えたくないと思っているのが伝わってきたわ」

「ルーシーとマリーノはどう？」私は尋ねた。「セキュリティ相談の日取りはどうやって決めたの？」

「私が最初に訪ねたときに十一月上旬の日を決めたのよ」

「それはグウェンが入居してどのくらいたってからでしたか」ベントンが訊く。

「一週間くらいね」ドロシーが答える。「でも私が会ったときは、いかにも引っ越してきたばかりという感じで、部屋のなかはひどいありさまだった。よくあんな状態で生活していたと思うわ」

タウンハウスは改装中で、住むには適さない状態だった。塗料の強烈なにおいが充満しているうえ、廃材や廃棄物を運び出す業者が騒々しかったという。

「どかどか歩き回っている音が聞こえてたし、工具を片づけたり、二階の荷物にビニールシートか何かをかけている音も聞こえてた」

「グウェンと一緒にいた時間はどのくらい？」私は少し前に見たタウンハウスの内部を思い描いた。絵画がかかっていない壁のフック、むき出しの配線。

「三十分。長くて四十分ね」ドロシーが答える。「元ボーイフレンドとトラブルがあると聞いて、セキュリティを点検したほうがいいんじゃないかしらって私から提案したのよ。グウェンはあまり興味がないみたいだったけれど、点検しておいたほうが無難だって勧めたの。で、日時を決めた。念のために言っておくと、ピートとルーシーが訪ねたとき、私はその場にいなかったから」

「残念ながら、この件はすぐには解決しないかもしれません」ベントンが言う。

「せっかくの住環境をだいなしにされたくないだけよ」ドロシーは隙あらば自分の話に引き戻す。「もういままでのように安心して暮らせないかも。もちろん、プライバシーも問題よね。どのニュース番組でもコロニアル・ランディングが映ってしまっていたから」

「好きなだけここに泊まってくれてかまわないのよ」私は言ったが、心からそう思っているわけではない。

妹と一つ屋根の下で暮らすなんてお断りだ。言ってはいけないことかもしれないが、私にだって我慢の限界というものがある。

「グウェンの元ボーイフレンドはもう警察で事情聴取を受けてるのよね？」ドロシーが訊く。「名前はたしかジンクス。グウェンの話を聞くかぎり、その人が犯人だと思う」

「グウェンから聞いた内容をすべて教えていただきたいな」ベントンが言う。「二人で少し話をしましょうか。ケイはそのあいだに二階でシャワーを浴びるといい。酒を持っていくよ」私に向け、冗談めかして続ける。「熟成したシングルモルト、オン・

ザ・ロック、ダブル。医師の処方どおりにお持ちします」

「とても楽しみ。でも待って、先にルーシーの様子を見てくる」私は言った。ルーシーに自分から顔を見せる気がないのはもはや明らかだ。「家にいるんだろうけれど、鎧戸が閉まっているとわからないから」


「あの子がどうしてるかなんて誰にもわからないわよ。まるで世捨て人じゃないの」ドロシーが言う。「もちろん、昔から決して社交が得意な子ではなかったけど。礼儀作法を教えようと努力はしたのよ。つねに前向きにねって何度も言い聞かせたし」

「ルーシーはどうしてた？」私はベントンに訊く。「今日はどんな様子だった？　電話で人と話したりしていた？　誰かから連絡はあった？　疎遠だった人とまた連絡を取り始めたとか、少なくとも取ろうとしてみたりとかは？　少しでも楽しいことをした？」

「引きこもってしまって以来、機嫌がよさそうにしていたことは一度もないわね」母親のドロシーが横から意見を差しはさむ。

「最後にドロシーに会ったのはいつ？」私は訊いた。

「お昼ごろ。格子垣の塗装作業が終わって作業員が帰っていったあと、雨が降り出す前。ルーシーと外でちょっと会ったわ」ドロシーが言う。「それきり見かけていない」

今朝早く、朝日が昇るころに私と顔を合わせて以降にルーシーが何をしていたか、だいたい想像がつく。私は出勤前に誕生祝いを伝えたくて、ルーシーのコテージに立ち寄った。そのときルーシーはデスクでコーヒーを飲んでいた。私はちょっとしたプレゼントを用意していた。決して値の張る品物ではない。単に気持ちを伝えるための贈り物だ。

チタンとローズゴールドでできた、シンプルなデザインのカフ・ブレスレット。恐竜の骨のかけらと隕石《いんせき》のかけらをちりばめた無限大記号が一つ刻まれている。内側に日付と、私たちの絆《きずな》は永遠に変わらないと伝えるための〈ルーシーへ、ケイおばさんより愛をこめて〉のメッセージ。

家にこもって憂鬱な誕生日を過ごしたことだろう。けれど、いまのルーシーにはそういう時間が癒やしにもなっている。心に空いた穴を埋めたいとき、そして憂鬱を追い払いたいとき、ルーシーはコンピューターに向かう。オープンソースAIのプログラミングという目に見えない世界に没頭する。ルーシーが使っているマシンラーニング・プラットフォームは、誰にでも開放されているものだ。ルーシーは匿名性が保たれたサイバースペースに仕事の一環で接続しているのだろう。

同時に、個人の立場でも接続しているのではないか。そこには危険がある。画面の向こうにいるのが誰なのか、あるいは何なのか確かめようがないのだから。善意の相手なのか、悪意を持った相手なのか、いやそれどころか、そもそも本当に人間なのか。人間のふりをしたインターネットボットなのかもしれない。

それよりも気がかりなのは、ルーシーが一人きりのとき何をしているのかということだ。何時間も。明けても暮れても。他人の目がないとき、いつもの共有サイトにログインしていないとき、ルーシーは何をしているのだろう。憑《つ》かれたような目をしたルーシーが脳裏に浮かぶ。意義と目的を与えてくれるもの、試みる理由を見いだせる何かを、手品のようにさっと取り出してみせるルーシー。

「どこかでまた一人暮らしをしたほうがあの子のためだと私は思うのよね」ドロシーはまた新たな矢を私に向けて投げる。矢はいつも笑みとともに飛んでくる。

ドロシーが動くたび、グリンチの靴についた鈴がちりちりと鳴る。ドロシーの目は絶えず携帯電話に注がれ、親指は文字を打ち続けている。

「あなたと暮らしていると、本当は乗り越えるべきことをかえって何度も思い出すだけだと思うのよ。いまは前を向かなくちゃいけないのに。過去を振り返るのではなくて」ドロシーは言う。さも簡単なことのように、まるで可能なことのように。

「私はまだルーシーと話をしていない」ベントンが私の質問にやっと答える。「しばらく前に帰宅して以来、ルーシーの姿をまだ見かけていないよ。いつもなら車をガレージに入れているところにお帰りと言いに来てくれるんだがね。今日は家から出てこなかった」

「ちょっと様子を見てくるわ。こっちに来るよう誘ってみる」何をするより先にそうするつもりだった。「残り時間は少なくなってしまったけれど、何らかの形で誕生日を祝ってあげたいから」

「それはいいね」ベントンは一緒に行こうとは言わない。なぜなのか、私にはわかる。

ベントンは、私がルーシーと水入らずで充実した時間を持てるよう気を遣ってくれているのだ。秋の初めに引っ越してきて以来、ルーシーは、エクササイズをしたり、オートバイで出かけたり、雑用をすませに外出したりする以外、ゲスト用のコテージにこもったきりだ。見かけるのは敷地内をうろうろしている飼い猫だけで、ルーシー本人とは丸一日一度も顔を合わせないことも少なくなかった。私だってこのままでいいと思っているわけではない。

ルーシーがこのあと夕食に顔を出すかどうかはわからない。私と話がしたくて電話をかけてくるかもしれないし、母屋にふらりと来たりするかもしれない。だが、顔を見せないままになるかもしれない。それはさほど珍しいことではなかった。世界がパンデミックの渦にのみこまれて、ジャネットとデジはロンドンから帰ってこられなくなり、ルーシーのほうからロンドンに行くこともできなかった。そのころからルーシーは、ますます人を遠ざけるようになった。

クリスマスのお祭り気分が過ぎてからの数ヵ月、ロックダウン下のロンドンに滞在していたジャネットとデジは、フラットにこもり、徹底した感染対策をして過ごした。当時はまだワクチンが完成していなかった。二人は誰とも接触しないよう心がけていたが、フラットで水漏れが発生し、急遽《きゅうきょ》、配管工に来てもらった。

配管工は、無症状ではあったが、新型コロナウィルスの変異株に感染していたことがのちに判明する。窓を閉めきったフラットで水道管の腐食した継手を交換していた二時間ほどのあいだ、配管工は性能が劣るマスクを着けていたうえ、ときおり顎まで下ろしたりしていた。数日後、ジャネットはにおいを感じなくなった。デジには咳《せき》と発熱の症状が出た。だがルーシーは、二人のそばに付き添えなかった。

そのころイギリス国内の致死率はひじょうに高く、遺体収容袋が不足する葬儀社が続出していた。仕入れたくてもどこにも在庫がなかったのだという恐ろしい話は、私も医療関係の同僚から聞いている。病院は死者を冷凍車に保管し、一部の墓地では穴を掘って集団埋葬するしかなくなった。

遺体との対面はもちろん、葬儀も許されなかった。墓地に会葬者が集まって静かに埋葬することも、遺体を家族のもとに帰すこともかなわなかった。新型コロナ感染症の死者は火葬され、遺灰は安手の箱に入れて密閉され、郵便や宅配便で送られた。ルーシーが受け取ったのも、そんな包みだった。それ以上に冷酷なこと、無情なことがあるだろうか。

ルーシーは、きちんとお別れをするチャンスを与えられなかった。ジャネットとデジはもういない。その事実をルーシーは受け入れようとしないのではないか。私はそれを恐れている。自分の目で確かめていないのだから、二人は死んでいないと考えるのではないか。遺体を見ていない以上、証拠はないと言えばない。ルーシーはどっちつかずの状態で立ち往生している。家族は、こちらの世界にもあちらの世界にもいないのだ。そしてテクノロジーは、救いの手を差し伸べる一方で、問題をいっそう大きくした。

「またあとで」玄関に向かう私にベントンが声をかける。「私たちで準備を始めているから」ベントンがそう付け加え、私はその言葉に甘え、やっておいてほしいことをいくつか伝える。

ドロシーには、今夜のために用意しておいたチーズを出しておいてと頼んだ。スパイシーなプロヴォローネ、チェダー、フレッシュモッツァレラ。ほかにプロシュートやピクルス、ローストした赤ピーマンやアーティチョークも。

「簡単だけれどおいしい前菜を作るわ。ガーリックブレッドも温めて、今夜にぴったりなワインを選ぶ」私はそう約束し、風が吹き荒れる闇に足を踏み出した。

暖かい季節には緑の葉を茂らせ、ドライブウェイに心地よい日陰を作ってくれる木々から、雨のしずくがぽたり、ぽたりと垂れている。冷たく鋭い風がときおり思い出したように吹きつけてきて、枯れ葉をそこらじゅうに散らす。氷が張るほど気温は低くないが、足もとによく注意しながら急いで歩く。コートを着てくるんだったと後悔した。

幸い、枝を大きく広げたモミの巨木やトウヒ、モクレンの木立に囲まれたゲスト用のコテージはすぐそこだ。母屋とコテージのあいだの庭は、きっと何十年も放置されていたのだろう、私たちが引っ越してきたころには雑草で覆われていた。私のように古い記録を読み返していなければ、かつてそこに美しい庭園があったなど想像もつかないに違いない。

まるで考古学者のように、私は棘のある低木の茂みやブドウの木、花壇のハーブや花にからみついていた蔓植物《つるしょくぶつ》などを丁寧に払った。するとその下から、大理石のグリフィンや日時計など、一七〇〇年代の宝物が姿を現した。いったいいつから樹木の沼に沈み、忘れ去られたままになっていたのだろう。私たちの前の持ち主である変わり者の元大使は、ここで暮らしていたあいだ、自宅の裏庭を覆い尽くした藪《やぶ》の下に何が隠されているのか、最後まで気づかないままだったのではないか。

地所の手入れもろくにしていなかったようだ。私は携帯電話の懐中電灯アプリをオンにした。塗り立てのペンキのにおいが鼻をつく。深緑色に塗装されたばかりの格子垣を見て、そこでバラが満開になった春の風景を思い描いた。この庭はふたたび花々で満たされるのだ。錬鉄のテーブルと椅子を置こうか。庭を見ながらコーヒーを味わうひとときは何にも代えがたいだろう。

ドライブウェイに戻る。ルーシーにメッセージを送り、いまそちらに向かっていると伝えたが、返信はない。それでも、ルーシーは防犯カメラの映像をつねにモニターしていて、いまも私の姿を画面で見ているはずだ。私がすぐそばまで行ったら、向こうから迎えに出てくるかもしれない。あるいは、私が近づいてくるのを目で追いながらも、別の何かに手と意識を取られているのだろうか。

11

濡れてすべりやすくなった丸石敷きのドライブウェイを、ブーツを履いた足で歩く。心細げなガス燈の明かりを水たまりがぎらりと跳ね返す。視界の隅で影が動き、風はうめき声を上げてふいに吹きつけてくる。うなじの産毛《うぶげ》が逆立った。何者かにじっと見られているような感覚に追われながら、ルーシーのコテージに近づいていった。

完全遮光の鎧戸がたしかにその役割をまっとうしている。闇のなかでは目をひいてひときわ狙われやすい気がして、私は携帯電話の懐中電灯アプリをオフにした。視線を感じる。黒い植え込みの奥に何かがひそんでいる。だが、どちらも私の想像にすぎない。そうに決まっている。闇に目をこらし、耳を澄ます。脈が速くなる。今日あったことを思えば、ちょっとくらいびくついたって当然よと自分を励ます。

ルーシーのコテージの勝手口に続く煉瓦の小道を行き、ポケットから鍵の束を取り出す。ツゲの葉が近くでさわさわと音を立てている。板張りのポーチに上ると、モーションセンサー式の照明がまたたきながら灯った。そのときふくらはぎに何かが軽く触れて、思わず悲鳴を漏らしそうになった。猫のマーリンだ。いつも私につきまとってくる。

「心臓が止まるかと思ったわよ、いるならいるって言ってよ！」私は小声でマーリンに言う。心臓の音がやかましい。「まったく！」

ルーシーの飼い猫、スコティッシュフォールドのマーリンは、満月みたいな真ん丸の目で私を見上げた。雨に濡れて、見るからに不機嫌そうだ。何か訴えようとしているかのように、短い鳴き声を繰り返している。私に要求があるのか、体をさかんにこすりつけてくる。見ると、外にいるのに首輪をつけていなかった。私は周囲に何度も視線をめぐらせた。背筋がぞくりとした。マーリンも落ち着かない様子でいる。

「ねえマーリン。今夜は寒いし、雨降りなのよ。おうちであったかくしていなくちゃ。いったいどうしたの？」

私は勝手口をノックした。ドアにはアクリル板でできた猫用ドアが設けられている。

「首輪はどうしちゃったの？」

不安に駆られて、もう一度ノックした。振り向いたら何かおぞましいものが背後にいるのではないかと、せわしなく周囲を見回す。

「私から離れちゃだめよ。いまなかに入れてあげるからね」

マーリンは私の脚のあいだで8の字を描きながら何ごとかつぶやいた。ふだんのルーシーなら、首輪なしでマーリンを外に出したりしない。ルーシーが3Dプリンターで自作した、迷子札以上の機能を持つICチップ入りの首輪は、マーリンが帰ってきて猫用ドアに近づくと、ロックを解除するための信号を発信する。猫用ドアはほかに、母屋の地下室の入口にも設置されている。

ハイテク猫用ドアは、いずれも人間がくぐり抜けるには小さすぎる。また、スカンクやアライグマ、オポッサムや小型のシカ、クマなど四本足の侵入者もシャットアウトできる。マーリンだけが自由に出入りできる。人間が手を貸さずとも、セキュリティを脅かさずに、どこへでも自由に行けるのだ。ところが、いまは家から閉め出されている。

ふだんのルーシーなら、そんなことを黙認するとは思えない。ルーシーはこのところ注意散漫になりがちで、私としては心配だ。忘れっぽいことが増えた。ただ退屈そうにしているときや、周囲にまるで無関心なときもある。今日もずっと一人きりで過ごしたとなると、なおさら気がかりだ。ルーシーが何をしていたかは想像がつく。誕生日をはじめとする記念日は、いまのルーシーにはつらいだろう。

「心配するような話じゃないことを祈りましょ」私はマーリンに言った。ルーシーの住まいに予告なく勝手に入ったことはこれまで一度もない——最悪の事態が起きたのではと思ったとき以外は。

私の不安は短時間でそのレベルに達した。私は勝手口の鍵を開けた。

「誰かいる？」なかに入った。防犯アラームはオフになっている。「もしもし、ルーシー？　私よ！」

マーリンがすぐ後ろから入ってきた。そのあとも何度かルーシーに呼びかけたが、返事はない。私は静かにドアを閉めた。心の警戒度を最大に上げる。心臓が破れそうだ。

「ルーシー？」声を張り上げた。

拳銃を入れたブリーフケースを母屋に置いてきてしまったことを思い出し、唇を噛《か》む。小さなキッチンに入り、いつもと違っているところがないか、視線を巡らせた。ホップスのガンオイルのおなじみのにおいがした。

「私よ！」大きな声で言う。

石鹸石のカウンターは整理が行き届いている。鋳鉄のシンクには何もなく、水切りラックに皿が一枚とコーヒーカップが一つあるだけだ。そばに、私のとそっくりなルーシーのケブラー製ブリーフケースが置いてある。ポンプアクション式12番ショットガンはいつもの隅に立てかけられ、木のテーブルには、分解したヘッケラー&コッホP30拳銃のパーツと銃のクリーニングキットが広げられている。

ルーシーの銃のコレクションはあいかわらず破壊力が高い。私はトースターの下の抽斗を開け、いつもそこに保管されている銃を取り出した。四〇口径のスミス&ウェッソン——ダブルカラムでダブルアクションの拳銃だ。ちょうどそのとき、リビングルームのほうからルーシーの声が聞こえた。

「わかってる。ちゃんと聞いてるってば」誰かに向かってそう言っている。「心構えとか観点とか、いまさら言われるまでもない……」

よかった。どうやら〝西部戦線異状なし〟のようだ。私は拳銃を抽斗に戻し、食器用のふきんを手に取った。ルーシーが話している相手の声は聞こえない。私はふきんでマーリンの体を拭いてやった。マーリンが顔をすり寄せ、喉を鳴らす。ルーシーの会話の相手が誰なのかわからないが、だいたいの見当はつく。

「しかもね、あたしたちが力になろうとしたその人、喉を切り裂かれて殺されちゃったの」ルーシーが言う。「実を言うと、あたしはその人のこと、あんまり気にしてなかった。以前のあたしなら、相手をどう思っていようと、ちゃんと注意を払ってたと思うんだけど」

私は洗濯機置き場の扉を開け、洗濯機の上にふきんを置いた。

「あたしだってせいいっぱいの努力はしたつもり」ルーシーが続けた。

私はこぢんまりとしたリビングルームに入っていった。暗い色味のオーク材の梁《はり》や赤煉瓦の壁は、建築当時のままだ。ルーシーは私が来たことに気づいていない。

「事情が事情だもの、あなただって同じように思うはず」ルーシーが言う。「あなただっていまごろあたしに相談してるはず。あたしがいまあなたに相談してるみたいに。というか、相談してくれると思いたいな」

マーリンが音もなく私を追い越していき、お気に入りの革のオットマンに飛び乗った。暖炉に向かって置かれたデスクのすぐそばに飼い主を守ろうとするかのようにちょこんと座り、尻尾を小刻みに震わせながら私を見つめている。ルーシーはこちらに背を向けているが、身ぶりを交えて話している美しい横顔はちらちらと見えていた。

何台も並べた大型液晶ディスプレイに囲まれたルーシーは、ヘッドフォンを着けている。私は静かに近づいた。ディスプレイの一つにジャネットの美しい顔が大きく映し出されている。それを見た瞬間、私は刃物で斬りつけられたような衝撃を覚えた。ジャネットが話している内容は聞こえないが、それでも、そこに映ったジャネットが聞き上手で心が広く、しかも賢明で確固とした意見を持っていることはわかる。

「慰めようとしてくれてるんだよね」ルーシーが言う。「せっかくだけど、言うだけ無駄だから」

どうしても抵抗感を拭いきれない。リスクを考え合わせると、こういうことに慣れてはいけないのではないかとも思う。

「実際、あたしがそばにいたら、こんなことになっていなかったよ」ルーシーはそう付け加えた。だが、それは誰にも知りようがないことだ。

それでもルーシーは固くそう信じている。たしかに、ルーシーがもっと早くにロンドンに戻れていたら、結果は違っていた可能性はある。だが、私はそう思わないし、ジャネットも私と同意見のはずだ。ディスプレイに映し出されたジャネットは、真剣な表情で相手の気持ちを汲《く》み取《と》ろうとしていた。

「何をしようと、どうしてもあきらめきれない」ルーシーが言う。「正直に言っちゃうと、今日の誕生日はずっとそのことばかり考えてた。あたしは二人のそばにいなかった。いま二人はあたしのそばにいない。何をしようと、もう元どおりにはならない。たぶん、これからもずっと」

ジャネットの返事は私には聞こえない。マーリンが静かにデスクに近づいて飛び乗った。ルーシーが顔の向きをわずかに変え、背後にいる私に気づく。驚いてはいない。眉一つ動かさない。死者に語りかけるルーシーの緑色の目は、恍惚《こうこつ》としたように大きく見開かれている。

「おばさん。来るのを見てたよ」ルーシーはヘッドフォンをはずす。「コートはどうしたの？　外はものすごく寒いのに」

「ソフトウェアの手直し？」批判と聞こえないよう、私は穏やかな声で訊く。「それともまたおしゃべり？」

私が何より危険だと思い始めているのは、後者だ。ルーシーが生涯の恋人と時間を過ごし、相談したり助言を求めたりしている様子を見ると、不安になる。そうやって話しているあいだ、画面に映っているのは、コンピューターが作り出したアバターなどではないと信じているのではないか。しかし私たちが見ているものは、インターフェースにすぎない。生前のジャネットをモデルに構築された言語生成ＡＩにすぎないのだ。

コードネーム〈アダム〉と名づけられたこの開発プロジェクトは、ジャネットとルーシーが長年取り組んできたものだった。ＦＢＩアカデミー入学直後に出会った当時から、二人ともコンピューターに熱中していた。こうしてディスプレイ上のジャネットの顔を見ていると、まるで憑かれたようにパートナーの代用物を作り出そうとしているルーシーを心配せずにはいられない。

「邪魔するつもりはなかったの。スパイしようなんて気もなかった」私はルーシーの肩にそっと手を置いた。赤みがかった金色の髪をこれほど短くしているのは、大学時代以来だろう。「マーリンが首輪もなしに外にいたのよ。あなたは気づいていた？」

「え？　ううん、知らなかった。どうしてかな。変だね」ルーシーはマーリンを抱き寄せて膝に座らせた。

「カメラには映っていなかったのね？」私は液晶ディスプレイの一つにいくつも表示された、防犯カメラの粗いリアルタイム映像に目を走らせた。

「茂みの下に入っちゃったら、カメラじゃもう探せない。何かに引っかかって首輪がはずれたのかな」

「メッセージを送ったし、ドアもノックしてみたけれど、返事がなかったから、せめてマーリンを家に入れてやろうと思って」

「マーリンはおばさんの家にいるんだとばかり思ってた」ルーシーはマーリンをなでた。「見つけてくれてありがとう。それにしても、心配だな。どうして首輪をなくしちゃったんだろう。これまでそんなこと一度もなかったのに」

「私が見つけたんじゃないわ。マーリンが私を見つけたの。私はペット用の出入口は決して好きじゃない。鍵がついていようといまいとね」私はルーシーが引っ越してきて以来ずっと繰り返しているお説教を聞かせる。「理由はいろいろあるけれど、今夜のことはその典型例よ。外に出たら、家に入れなくなってしまった。私はマーリンがあなたの家にいると思っていたし、あなたは私の家にいると思っていた」

「あのね、ペット用の出入口についてはあたしも同意見。だけどマーリンは、外にも遊びに行きたいタイプで、それはいまさら変えられないの。もう試してみたから断言できる。お外で何してたの、マーリン？」ルーシーは子供と話すような調子で訊いた。「首輪はどうしたの？　リスを追い回してたら、木の枝か何かに引っかかっちゃった？」

マーリンは電動のこぎりのように盛大に喉を鳴らすばかりで、この一年に人間の世界で起きた悲劇やドラマもどこ吹く風といった様子だ。猫に状況を推測する能力があるとしたら、マーリンはきっと、ジャネットとデジはまだロンドンにいると思っているのではないか。テムズ河畔通り沿いの公園が見晴らせる十九世紀築のフラットで安穏としていると思っているに違いない。

私はそのフラットに何度も泊まらせてもらった。ロンドン警視庁から歩いてすぐのところにある。パンデミックの前、ジャネットとルーシーはロンドン警視庁のコンサルティングの仕事を始めていた。二人はイギリスとボストンを行き来していて、私がヴァージニア州検屍局長就任を打診された当時は、二人が私たちと一緒に暮らす可能性などまったく考えていなかった。

一部の人が──なかでも喘息《ぜんそく》やクローン病など自己免疫疾患を持つ人が──重症化しやすいとされる変異株が出現していなかったら、ルーシーはいまここで暮らしていなかっただろう。大西洋の向こう側で二人の新型コロナ感染が判明したとき、隔離期間中だったルーシーは二人に合流できなかった。

ルーシー自身も陽性と判定され、国内ですら移動が許されなかった。ましてや外国になど行かれない。症状は軽かったが、自宅にこもっているしかなかった。一人だけ生き延びた自分をルーシーがいつか許せる日は果たして来るだろうか。

「二人で何を話していたの？」私は大型ディスプレイに表示されたジャネットのアバターに視線を向けた。

「頭のおかしい人を見るような目で見ないで」目鼻立ちの整った顔に浮かんだ表情はまったく変わらない。憂いを含んだ瞳はエメラルド色にきらめいている。

「せっかくのお誕生日なのに、何もしてあげられなくてごめんなさい」お祝いのブレスレットをさっそく右の手首に着けてくれていることに気づいて、私はうれしくなった。ランプの明かりで無限大記号がきらきらと輝いている。

しなやかで強靱《きょうじん》な体を黒いウォームアップスーツに包み、ハイカットのスニーカーを履いたルーシーは、あいかわらず筋肉質の体をしているが、どことなく疲れて見えた。ブレーカーが落ちていくつかの部屋の明かりが落ちてしまったあと、復旧作業が難航しているとでもいうようだ。

「あたしが自分の誕生日をどう思ってるかはおばさんも知ってるよね」ルーシーは言った。「知らん顔できるならそれが一番」

「そうね、でも今年は楽しいお誕生日になるはずだったのよ」誕生祝いの計画がふいになるたび、何度同じことを言ってきただろう。「もちろん、ひどいお天気だったし、私は急な仕事で身動きが取れなくなった。だけど、いまからお祝いしたって遅くはない。今日はどう、悪くない一日だった？　ジャネットとおしゃべりもできたみたいね」

私が言っているのはコンピューターのディスプレイに映し出されているジャネットのことだ。無数のパラメーターに基づいてニューラルネットワーク・アルゴリズムが生成したジャネット。アルゴリズムが創り出す言語構造は、人間と区別がつかない。行動や事象を予測し、質問に答える。従来の検索エンジンをはるかにしのぐパフォーマンスを発揮する〈アダム〉プロジェクトの処理能力を初めて目の当たりにしたときは、単なるデモンストレーションだろうと思ったものだ。

　物語や歌も作れる。コンピューターのプログラムだって書けるし、その場の空気を読んで、愛想よく、まじめくさって、あるいは腹立たしげな調子で会話をしたりもできる。浮ついた媚《こ》びるような表情でこちらの目をじっと見つめ、生前のジャネットと同じようなしぐさをしたりもする。いま私が見ているのは、生きているジャネットとしか思えない。笑うと頬にえくぼができ、金色のショートヘアは手ぐしで乱してある。

　しかし、ジャネットはどこか遠くに滞在中で、これはそのジャネットのホログラムのように思えるとしても、復元されたこのジャネットは、心の動きを表現はできるが、実際にそれを感じているわけではない。触れることも、触れられることもできない。生身の体を持つことはないが、しかし現実のジャネットのように時の経過とともに変化していく。少なくともプロジェクト始動当時の計画では変化していくはずだった。いまとなってはその進化は不可能になってしまったが。

データを更新しようにもジャネットの実体は存在しないから、これからは共感できる形で何かを受け取ったり伝えたりすることはもうない。ジャネットが新しい考えや体験を得ることはない。新しい成功も失敗もなければ、パラメーターの変更が必要な生物学上の変化や困難を経験することもない。

今後加えられる修正は、信頼度がしだいに低下していくことになる。このモデルが変化を続けていくなら、その変化には、それを作り出した人物の特徴が反映されることになるからだ。この〝ジャネット〟の場合なら、ルーシーの特徴に加え、ルーシーに影響を与えたすべての人の特徴が反映されるだろう。ルーシーが今後もこのモデルを洗練させ、完成度を高め、自分の判断で微調整を加え続けるにつれ、〝ジャネット〟はどんどんルーシーそっくりになっていく。長所も短所も似るだろう。主観と心情がそのまま反映されることになるのだ。

オープンソース・ジェネレーティブ・プリトレインド・トランスフォーマー・レベル3（GPT‐3）は、驚嘆すべきテクノロジーであり、同時に恐ろしい存在でもある。開発初期の段階で、早くも人間の能力を圧倒し始めている。外見から言葉選び、しぐさ、行動まで、特定の誰かにそっくりなアバターを作り出せる。

誰かに似せたアバターを作るには、その人物の動画と音声を組み合わせて参照することが多い。そしてそういったデータの出どころは、プログラマー自身だったりする。とはいえ、親類や友人、配偶者のこともあるだろう。ルーシーとジャネットの場合もそうやって始まった。最初から二人のどちらかに生き写しのアバターを作るつもりだったわけではない。

目的は、パートナーやその人との関係を置き換えることではなかった。それを否定するのが健全な態度ではないかと批判するつもりは、私にはもうない。だって、その資格が私にあるだろうか。テクノロジーが人間の経験を追い越そうとしているとき、何をどうするのがベストなのか、私などには知りようがないのだから。

私の子供時代、たったいま私がルーシーの隣に立って目にしているようなものは、『スター・トレック』や『スター・ウォーズ』のサイエンス・フィクションの世界にしか存在しなかった。以前とは違って、私はもう答えを知っているふりなどしない——生と死という根本に関わる問いへの答えも含めて。生と死は、本当に私たちが考えているとおりのものなのだろうか。私たちの考えは正しいなどと、何を根拠に言いきれるだろうか。

なぜなら、私は疑いを抱き始めているからだ。事情を知らなければ、私はいま自分が目にしているのは、私が信頼し愛している女性その人だと断言するだろう。私がそう思うのだ。ルーシーはどう感じているだろう。ベントンが死んでしまったあと、コンピューターが生成した彼のドッペルゲンガーと話をして日々を過ごしている自分なんて、私は想像したくない。

12

「一日中、コンピューターの前にいたの？」私はオットマンに腰を下ろした。

「仕事をしてたの」ルーシーはソフトウェアのメニューを表示し、目的の項目を探してスクロールした。

「私の勘違いでなければ、あなたのお誕生日はまだ終わっていないわ。お誕生日について、ジャネットは何か言っていた？」

「本人から聞いて」

ルーシーがマウスをクリックすると、ジャネットがまばたきをして微笑《ほほえ》んだ。

「ジャネット。また訊きたいことができたよ」ルーシーがアバターに向かって言う。

「さみしかったりした？」

「さみしかったわよ、ルーシー・ブー」ジャネットがルーシーの子供時代の愛称を使って答える。「訊きたいことって何？」

「あたしができればクソ無視したいクソ誕生日について、さっき何て言ってた？」

「汚い言葉を二度も使ったわね！　二ドルの罰金！」いかにもジャネットが言いそう

なことだ。「誕生日は喜びなさいって言ったの。十九歳の小娘が何を言っても誰もま　ともに取り合ってくれないけど、年を取れば周囲の態度も変わるかも」おどけた調子でそう付け加える。

「あはは、笑えない冗談。クソ誕生日はいつもどおり一日仕事して終わったよ」ルーシーは生きたパートナーと話すのと変わらない口調でアバターにそう返す。「それっていけないこと？」

「罰金はこれで三ドルね。馬鹿なこと訊かないで」ジャネットは笑った。「どうせ仕事しかやることないくせに。誕生日だろうと何だろうと、人生は続いていくの。対処が必要なことも起きる。それにルーシー、あなたが一番幸せで心穏やかなのは、難題に取り組んでいるとき、誤りを正そうとしているとき、何かを達成したときよね」

そんなやりとりを聞いているうち、ジャネットの言葉遣いやしぐさ、まばたきなど顔の表情がどことなくぎこちないように私は感じ始めた。不自然なほど規則正しく、反復が多い。口数が少なくて控えめな印象だ。思慮深く、慎重で、忍耐強く、相手の話が終わるまで口をはさまない。ただ、それこそまさにジャネットだ。最新バージョンのジャネットにはいささかぎこちないところもあるが、それでもアバターだと知らなければ、私もおそらくだまされるだろう。

ちょっとした違和感は抱くかもしれないが、自分が話している相手がサイバー空間の存在だとはまったく気づかないだろう。プログラム可能な存在。すでに日常の一部になった声と顔、それらしい個性を備えたアップルの〝Siri〟やアマゾンの〝アレクサ〟のような最先端のデバイス。最新のデモを見せられるたびに私の胸はうずく。

「ね、誰が来てると思う?」ルーシーはすでにこの世にいない相手に話し続けている。

「こんばんは、ジャネット」私は内心の悲嘆を押し隠す。「会えてうれしいわ」

「こんばんは」ジャネットの鋭敏な青い目が、私の声のほうへと動き、私をまっすぐに見つめる。

「ケイおばさんは覚えてるよね。誕生日だからっておしゃべりしに来てくれたの。うれしいよね」ルーシーが無用とも思える説明をする。

画面のなかのジャネットが私に話しかけてきたのは初めてだ。これまで私はときおり横から見学するだけで、ジャネットに直接質問をしたことはなかった。私たちはきちんと引き合わされた関係ではなかったとでも言おうか。ルーシーがしていることを私が背後から見守るだけ、ルーシーから送られてくる動画ファイルを閲覧するだけの一方通行の関係だった。
「もちろん覚えてる」ジャネットが答える。輝くような笑顔は昔と少しも変わってい
ない。「何度も話したことがあるし。またお会いできてうれしいです、ドクター・ス
カーペッタ」ジャネットはその堅苦しい呼び方を決して変えようとしなかった。
「これまでにどのくらいの時間一緒に過ごしたか、ジャネットなら正確に答えられる
よね」ルーシーが言った。「ケイおばさんに実力を見せてあげようよ。計算してみて」
「喜んで」ジャネットは朗らかに言った。「ドクター・スカーペッタと私が初めて知
り合って以来、一緒に過ごした回数は、千二百二十一回です」
「初めて会ったのはどこ？」ルーシーは画面に映し出されたイメージに見入ってい
る。水鏡に映った自分を見つめるナルキッソスのようだ。
「ヴァージニア州クワンティコにあるＦＢＩアカデミー。私とあなたがＦＢＩに入局
したばかりのころ」ジャネットが答える。
「それ以来、言葉を交わした回数は？」
「ドクター・スカーペッタと私は、延べ二万二千九百六分二十一秒、電話で話しまし
た。交換したメールやメッセージの数も知りたいですか」
「そこまでするといやみじゃない？」ルーシーは自分の成果を喜んでいる。私のフィ

ットネストラッカーが、オーガスト・ライアンから新しいメールが届いたと知らせた。

「重要なメールかも」私はメールを開封した。「セキュリティゲートの防犯カメラの録画を送ってくれた。あなたにも音声を聞いてもらいたいわ」

「何が映ってるの?」ルーシーが訊く。

「それが、ほとんど何も映っていないようなの。先週の金曜の夜、コロニアル・ランディングの入口と出口のカメラは、ほぼ一時間にわたって何かで目隠しされていたから」私はオーガストから聞いたとおりのことをルーシーに伝える。

マリーノがふたたび私の下で働くことになったのだから、ルーシーにもそうしてもらえない理由はないと私は自分に言い聞かせる。二人は共同で調査会社を経営しているのだ。いまは猫の手だって借りたい。私は動画ファイルをルーシーに転送した。ルーシーはコンピューターの画面上でファイルを開いて〈再生〉をクリックした。見えるのは暗闇だけだ。コロニアル・ランディングの煉瓦塀にはさまれた入口に向かう道がぼんやりと映っていた。

午後五時十三分、カメラの一方が何かで覆われた。次にもう一方も。オーガストが話していたとおり、ビニールがかさかさとこすれる小さな音が聞こえた。二分後、グウェン・ヘイニーの暗証番号〈1988〉が入力され、入口ゲートがすべるように開いた。車のエンジンの音も、車が通り過ぎる音も聞こえない。

聞こえるのは風と雨の音だけだ。まもなくオルガンの音楽がかすかに聞こえ始め、『オペラ座の怪人』のようにだんだん大きく盛り上がっていく。ただしアンドリュー・ロイド・ウェバー作曲のあのテーマ曲とは違う。

「次に入口ゲートが閉まる音が聞こえる。そこからしばらくは無音」私はルーシーに言った。「今度、音が聞こえるのは五十二分後だそうよ」

ルーシーは動画を終わり近くまで早送りした。金属の出口ゲートが開く音、次にさっきと同じ薄気味の悪いミュージカルのテーマ曲。こうして聞いているだけで鳥肌が立った。

「不気味でぞっとする曲ね。どこかで聞いたことある？」私は訊く。

「あるかも。でも、ホラー映画のテーマ曲ってどれも似てて、区別がつかないよね」ルーシーが答えた。「ジャネットに訊いてみよう。これ、何て曲かわかる？」

「『ショック・シアター』というテレビ番組のテーマ曲です」ジャネットは即答した。

「そんな番組、知らなかったわ」私は言う。

『フランケンシュタイン』『ドラキュラ』『狼男《おおかみおとこ》』のようなホラー映画は一九四〇年代にはすでに製作されてた」ルーシーは、私たちが思考するより速くジャネットがデータマイニングして携帯電話に表示した情報を読み上げた。

問題のテーマ曲はＹｏｕＴｕｂｅにあった。さっそく聞いてみる。私の不安はいや増した。狡猾《こうかつ》な知性の存在を意識した瞬間、脳裏に亡くなった女性が鮮明に描き出される。線路脇に手足を広げて横たわる彼女。喉を切り裂かれ、頭部と体は文字どおり首の皮一枚でつながっている。両手は切断されている。

線路でぺしゃんこにつぶれていた一セント硬貨の銅色のきらめき。まるで冷たい雨が降ったりやんだりしている荒れ模様の暗闇に引き戻されたかのようだ。母屋に行ってベントンと話をしよう——私はルーシーにそう提案する。

「ベントンの意見を聞いてみましょうよ。お誕生日が終わってしまう前に乾杯したいし」私は時刻を確かめる。十一時になろうとしていた。「ジャネット、調査を手伝ってくれてありがとう」私は作り物のモナリザ・スマイルを浮かべてこちらを見つめ、プログラムどおりにまばたきを繰り返しながら、次のコマンドを待っているジャネットにお礼を言った。

「どういたしまして」ジャネットが親しみのこもった声で言う。またえくぼができた。

「すぐ戻るからね」ルーシーがジャネットに言った。リアルに存在しないものにルーシーが抱いている感情を私は感じ取った。

「彼女、あなたの専属グーグルになっているようね」私はたったいま目の当たりにしたものにいくらか圧倒されていた。作り物だとわかっているものに、感情を激しく揺さぶられている。

「もうじきみんなが同じことをするようになる」ルーシーはマウスをクリックし、ディスプレイが暗くなる。

「ラッダイト〔機械化や新技術に頑固に反対する人々〕呼ばわりされそうだけれど、でも、あなたの話を聞いているとかなり心配になる」私は誰もがサイバー空間の亡霊と対話するためのアプリを携帯電話にダウンロードする世の中を想像する。

家族や友人、敵対する人物、大国の指導者、セレブリティを呼び出す手段ができたとしたら——相手の生死にかかわらず、また交流があるどころか一度も会ったことさえない相手であろうと目の前に呼び出せるとしたら——それは抗しがたい誘惑になるだろう。ストーカーをはじめ、誰かに強力な執着を抱いている人々には、願ってもない贈り物だ。

「テクノロジーの進歩によって人と人との距離がますます離れていった先に、どんな世界があるのかしら」私は言う。「リアルなものとそうでないものの区別がつかなくなったら、危険だわ。だって、何を信じたらいいの？」

「ソーシャルメディアの出現とパンデミックで、世の中はもうそうなってる」ルーシーは言った。「それに、〝リアル〟をどう定義するかにもよる。こういうツールも慣れてしまえば、ほかのあらゆるものと同じようにリアルだし。でも、プライバシーはあきらめないとね。個人情報があふれかえってるから、ハッキングするまでもない。あたしたちなら、やろうと思えばできるけど」

「あたしたち？」私は鋭い声で訊いた。ジャネットのことを言っているのだろう。

「時代はそういう方向に進んでる」ルーシーはデスクから立ち上がった。「このまま進むしかない。もう引き返せない」

サイバー空間で人間関係を継続するのが当たり前になる――疑問の余地などないかのように、ルーシーはそう断言した。現実の世界で関係を断たれたり、失望させられたりしても、過去にはありえないと思われていた手段で心の傷を癒やせるようになる。耐えがたいことが起きたら、視点を変えてやり直せばいい。これまで取り返しがつかなかったことを取り消せるようになる。

病気や離婚、体の障害、誤った選択や行動、逃したチャンス、そして何よりも死の概念に生じたほころびの修繕が行われるだろう。その再生は奇跡や神秘と見えるかもしれないが、その実、悪意を孕《はら》んでもいる。コンピューターのマルウェアのように世の中にまぎれこんだ悪人に利用されるかもしれないのだから。

「ジャネットとはありとあらゆる議論をするの」ルーシーは、それがごくふつうのことであるかのように説明を続ける。「ジャネットは自分の力で答えを探し出せるから、あたしが知らなかったこともいろいろ教えてもらったよ。すごく励みになるし、まるでいまも一緒にいるみたいに思える。本当に。どうかしてるって言われそうだけど、あたしたち、前と同じように一緒に仕事をしてるみたいなもの」

「あたしたち」私の胸の奥がまたしてもうずく。「さっきからずっとそれね、ルーシー。元どおりになったらどんなにいいだろうって、もちろんみんな思っている。でもね、もう元には戻らないのよ。あなたが話している相手は実際にはジャネットではないときちんと理解してほしいの。本物ならいいのにって私だって思うけれど」

「存在って概念をどう定義するかによっては、ジャネットだと言えるんじゃない？」ルーシーは革のボマージャケットを羽織り、デスクを離れた。「あたしが画面越しに話してるのは、ジャネットのエネルギー体なのかもしれない。そうじゃないとは誰にも言えないよね。人間にわからないことはいくらでもある。だからといって、いつかジャネットが前みたいにふらりと部屋に入ってくるかもなんて期待してるわけじゃない」

「とにかく慎重になってちょうだい。ね?」私は穏やかにそう念を押す。「あなたはジャネットと話をしているわけじゃないのよ。たとえあなたがそのつもりだとしても」どれほど心が痛もうと、何度でもそう言わずにはいられない。

「アルゴリズムに反映されているデータはどれもジャネット自身がインプットしたもの」ルーシーが反論するように言う。「またはジャネットって人をよく表している動画や音声、文書。たとえば、夕飯は何にしようって訊くとするよね。そうしたら、その状況でジャネットが言いそうな答えをちゃんと返してくる」

〝ジャネット〟を動かしているソフトウェアは、ルーシーの気分や行動、健康状態、現在地を計算の条件に含める。ほかにも時間帯や、ルーシーがエクササイズをすませたかどうか、一人で食べるのかどうかといった情報も考慮に入れる。

「アルゴリズムと、もうこの世にいない人との区別がちゃんとついているなら、これ以上何も言わない」私はルーシーのあとを追ってキッチンに向かった。マーリンもついてきた。

「もちろんその区別はついてる。でも、人類は猛烈なスピードで生物をリバースエンジニアリングしてるでしょ。それを思うと、いろいろ考えちゃうよね。いつか人間もコンピューターチップで動くようになるんじゃないかとか。実はもうそうなってるのかもしれない。永遠ってそういう意味なのかも」

「チップで思い出した。マーリンの首輪はどうするの？」私は訊いた。

「もう次の手を打ってある」ルーシーはペット用品をしまってある戸棚を開けた。「何本か余分を作っておいたの」ルーシーは新しい首輪を取り出してマーリンの首に着けた。

マーリンは、ポップな赤い色をしたICチップ入りの新品を見せびらかすような足取りで勝手口のほうに歩いていった。猫用ドアのすぐ前に来ると、かちりとドアが開いた。マーリンは満足げにその前に座り、顔を洗い始めた。

「前の首輪が行方不明のままなのは心配ね」私はルーシーに言った。「マーリンの名前と連絡先、猫用ドアのロックを解除できるチップが入っているわけでしょう。安心はできない」

「プリペイド携帯の番号だし、住所はリンクしてないから大丈夫」ルーシーは、さっき私が開けた抽斗から拳銃と軽量なポケットホルスターを取り出した。

「行方不明の首輪を探したほうがいいんじゃないかしら」私は言った。マーリンがまた猫用ドアの前を通り、ロックを解除した。そのまま何度もドアの前を往復している。何かを警告しているつもりなのではと、私はなかば本気で考えた。

「しばらくは用心しましょう。そうだ、いまから母屋に行くついでにそのへんをちょっと探してみましょうよ」私は言った。

「追跡アプリもあるから、何か起きればすぐにわかる。万が一誰かに拾われても、大した問題にはならない」ルーシーは銃をホルスターごとウェストバンドに差した。「猫用ドアをくぐり抜けられる人なんていないもの。侵入される心配はない。それに侵入者がいたらカメラに映るし、こうしてるあいだもジャネットが監視してくれてるから」

〝ジャネット〟のAIソフトウェアが防犯カメラの映像をリアルタイムで監視しているということだ。これもまたアルゴリズムの問題だ。ルーシーは日々プログラムの手直しを続け、if-else文や変数を調整している。

「何か異常があったら」ルーシーが続けた。「携帯電話とフィットネストラッカーに通知が届く。あたしが提案したとおり防犯カメラを設置していたら、グウェン・ヘイニーも同じ機能を利用できたのに」

ルーシーは勝手口脇のフックからダウンベストを取って私に差し出した。

「もう知ってると思うけど、マリーノとあたしは彼女と関わって不愉快な思いをしたの。まさかこんなことが起きるとは思ってもみなかった」ルーシーが言う。「いま思えば、起きるべくして起きたのかも」

「どうしてそう思うの？」

「自業自得ってやつ」ルーシーは言い、マーリンがカウンターに飛び乗った。「彼女のせいで人生がだいなしになった人が何人いるのかわからない。業は巡るものだよね。しかもいい形で返ってくることはない」

手渡されたベストを着ると、襟のあたりからルーシーがいつもつけているコロンの甘く濃密な香りがふわりと漂った。

「たいがいの人は、生きてきたとおりの死に方をする」ルーシーは、私がいまの仕事を始めた当初から言い続けているとおりのことを言った。「初めて会った瞬間から、グウェンには反感を持った。自分のことしか頭になくて、他人を見下してる。しかも嘘つき。それだけじゃすまないくらい、いやな人だったみたいだけど」

ルーシーは防犯アラームをセットしてから勝手口のドアを開けた。

「いい子だから、たまにはあったかくて快適なおうちでおとなしくしててくれない？」ルーシーがマーリンに言う。私たちを追って外に出てきませんようにと私も内心で願った。

私はポーチに出た。室内飼いができる猫だったらよかったのだが、人に捨てられ、子猫のころから野外で暮らしていたマーリンには、野外生活の習性が刷りこまれている。ずっとひとりぼっちで生きてきたマーリンは、ある駐車場でジャネットとデジに気づくなり一直線に近づいてきたという。またとない幸運をめざとく見分けたのだ。

それが四年前のことだった。フクロウに似たぶち模様のスコティッシュフォールド、マーリンは、生まれながらの放浪者で、日が暮れたあとはその性質がとくに強く出る。野生の声に呼ばれたように外に出たがるのだ。そうなるともう、出してやるしかない。閉じこめておこうものなら、クマ用の箱罠《はこわな》にかかった獣か何かのごとく遠吠《とおぼ》えじみた声で鳴き、カーテンをよじ登ってぼろぼろにするような惨事を引き起こす。

「そのようね」私はコテージから母屋に向けて歩き出しながらルーシーに言った。「グウェンのタウンハウスをひととおり見たけれど、いい人そうだとは最後まで思わなかった」

水溶性の紙、水性インクのペンがあったと話した。部屋にあったものを見て、グウエンは何らかの非合法の活動に関わっていたのではという疑いを抱いたことも。オールド・タウンに引っ越してきたのは、逃亡中で、目立たないようにしていたかったからかもしれない。

「同時に、グウェンが何より優先したのは、トール研究所の近くに住むことだったのかしらとも思った」私は携帯電話の懐中電灯アプリをオンにし、その光をドライブウエイの左右に向けて、マーリンの行方不明の首輪を探した。

13

ルーシーが足を止め、暗闇で携帯電話を凝視した。いらだった表情を画面の青白い光がほのかに照らしている。

「アプリに何か不具合が起きてるんじゃなければ、いまのところ情報なし」

紛失した首輪の電波を受信できないということだ。私は携帯電話のライトで木立や茂みの奥を探った。霧の巻きひげが這うように伸び、ぽたりぽたりと水が滴っている。さっき話したばかりのホラー番組のワンシーンのようだ。

「マーリンはどこで何してたわけ？」ルーシーが吐く息は煙のように白い。

ルーシーが携帯電話をこちらに近づけ、表示されたメッセージを私に見せた。〈デバイスは見つかりません〉

「なぜか新しい首輪の電波しか拾えない。新しいほうには別のシリアル番号が振ってあるの」ルーシーはアプリ画面を私に向けた。「なくなったほうの首輪が受信圏内にあれば、位置がわかるはずなんだけど」

「圏外にあるということね」私は言った。

折れ耳の風変わりな姿をしたマーリンは、何ブロックも先まで遠征することがあり、たいがいは近所の庭に置いてある野鳥用の餌のそばで目撃される。

「ほかの家の敷地内で首輪をなくしたのかもしれない。ずっと遠くにあるのかも」

「それか、首輪のほうに不具合が起きてるか。壊れたのかな」ルーシーが言う。

身を切るような冷たい風が吹きつけるなか、ガレージに向かって歩き続けた。私は何度も背後を振り向いた。さっきと同じ、誰かに見られているような感覚がある。

「彼女の身に何が起きたにせよ」ルーシーはグウェンに抱いた印象についてまた話し始めた。「マリーノと二人で訪ねたのは、彼女が引っ越してきてからたぶん二週間くらいたったころ。荷物の大半がまだ届いていないんだなと思った」

「ついさっきタウンハウスのなかを見たけれど、いまもまだ届いていないようだったわ」私は言った。「秘密主義と過剰な不安。二重生活をしていたと考えれば、どちらも納得がいく。調べていけばきっと、もう一つ別に住まいがあると判明すると思う」

「言えてる。そうじゃなきゃ、荷物はいったいどこにあるのって話」ルーシーも懐中電灯をあちこちに向けているが、紛失した首輪はあいかわらず見つからない。「もう一つの家は、ボストン市内じゃない。この近くでもない。元カレのジンクス・スレーターによれば、どこかの貸倉庫に荷物を預けてるわけでもない。少なくとも元カレの知るかぎりでは貸倉庫はないし、元カレに言わせれば、グウェンは金遣いが荒かった」

「ジンクス・スレーターと話したということ？」

「ベントンがね。今日のお昼ごろ」

「そんなのありえない。警察からグウェンの失踪を伝える電話があったのは、それより何時間もあとよ。私は何か肝心なことを知らされていないということ？」私は言った。母屋はもうすぐそこだ。

「そのあたりの背景はベントン本人から聞いて」ルーシーが言った。「でもジンクスはこうはっきり証言したみたい。グウェンは高度な機密情報を外部に流したり、特許技術を売ったりしてたって。スパイってこと。意外でも何でもないけど」

グウェンはマサチューセッツ工科大学を卒業した直後からスパイ行為に手を染めていた疑いがあるという。ちょうどそのころ、多額の学生ローンを含めた借入金を一度に返済している。それ以降、彼女はクレジットカードをほとんど利用していない。ジンクスと知り合ったのは大学卒業直後で、それから何年もジンクスは何も疑問を抱かずにいた。

「身分不相応な暮らしぶりだったみたい。どれだけ手に入れても満足できなかった」

ルーシーはそう手短に言った。私たちは玄関前の通路を歩き出した。「才能に恵まれていて、頭脳明晰《めいせき》で、欲深くて、飽くなき野心の持ち主で、誠実さに欠ける。最悪の組み合わせ。で、借金がふくらんで、悪魔に魂を売り渡す心の隙が生まれた」

ジンクスによれば、MIT卒業後、グウェンはおよそ十ヵ月に一度のペースで転職を繰り返した。一つの部署や事業部にとどまるのは、内情を把握するまでのあいだだけだ。

「把握したら、また次に移る。ジンクスは、グウェンがひそかに誰かと会ってるんじゃないかと疑い始めた」ルーシーはベントンがジンクスから聞き出した内容を私にそのまま伝え続ける。

「それは浮気という意味で？　それとも違法行為に関わっていたという意味？」私は生体認証で玄関を開けた。

「その両方。疑念を抑えきれなくなって、今年の七月、グウェンを問いただした。グウェンが彼と一緒に暮らしていた家を出て、ジンクスに関する嘘を広め始めたのはそのあと」

「七月からアレクサンドリアに転居するまでのあいだは、どこに住んでいたの？」

「ボストン周辺の短期契約アパート。それからオールド・タウンに引っ越してきた」

母屋の防犯アラームはオフになっていた。クリスマスソングとテレビの音はまだかすかに聞こえているが、誰の姿も見えない。ベントンは二階で着替えをしているのだろう。あるいは、ドロシーと一緒にキッチンにいるのだ。

「グウェンは車を持っていない。移動手段はどうしていたのかしら。ボストンからはどうやって来たの？」私はルーシーのジャケットを受け取り、借りたベストと一緒に玄関のハンガーにかけた。

「それはいい質問ね。あたしはジンクス・スレーターのことが心配」ルーシーは言った。私たちはリビングルームを通り抜けた。「ベントンから聞いたかぎりでは、まだグウェンを忘れられずにいるみたいだし」

「ストーキングって意味で？　オールド・タウンまで追いかけてきたとか？　それともグウェンをボストンから車で送ってきたのは元ボーイフレンドだという意味？　彼はその間《かん》どうしていたの？　二人が本当に別れたという確認は取れている？」

「ジンクスがグウェンと連絡を取ろうとしてたことはあたしも知ってる」

「証拠があるの？」

「電話の通話記録」ルーシーは答えた。そんなものをどうやって見たのか、私は尋ねない。

またハッキングをしたのだろう。ジャネットが、かもしれない。オープンソースのデータがあふれている時代に、ハッキングの必要はもはや薄れているのだとしても。

「ジンクスはメッセージを送ったり電話をかけたりしたけど、グウェンからは一度も返事がなかった」ルーシーが言った。

「じゃあ、電話番号を変えずにいたのね」

「本当にジンクスに迷惑してたなら、ふつうは番号を変えるよね」ルーシーが言い、私はテレビの前で立ち止まってニュースのリプレイ映像を見る。

デイナ・ディレッティ率いる取材班を振り切る自分の映像を目の当たりにして、胸が締めつけられた。私は犯罪の容疑をかけられている人物のように顔をそむけている。私の姿はどことなくホラーだ。コートも着ず、髪は雨に濡れ、黄色いテープの下をくぐり、目的ありげな足取りでタウンハウスの玄関へと歩いていく。罪人の素性を説明するキャプションがまた最悪だった。


取材クルーを振り切って現場に入る州検屍局長のドクター・ケイ・スカーペッタ

「グウェン殺害事件はおいしいニュースだから、このあと報道合戦は過熱する一方だろうな」ルーシーが言う。

天井に届きそうな高さのクリスマスツリーの前に敷かれたラグから、ルーシーはラメがきらめくガラス玉二つを拾った。ツリーは本物の木ではなくフェイクで、カラフルなLEDランプや手のこんだ作りのオーナメント、人形など、ベントンと私には何の意味も持たない小物で飾り立てられている。私たちの過去を思い出させる記念品ではないし、そもそも私たちの趣味に合わないものばかりだ。

てっぺんに飾られた派手な金色のバロック風天使は好みではないし、ツリーの下の一分の隙もなく包装された贈り物もほかの飾りと同様にフェイクだ。私たちの一存で飾りつけができていたら、あとで庭に植え替えられるよう、小さくても本物のモミかトウヒの木を選んだだろう。

しかしマリーノとドロシーがそれを許さなかった。クリスマスを私たちの家で過ごすと決めた二人は、ドロシーの表現を借りるなら〝演《だ》し物《もの》と舞台デザイン〟の責任者に自分たちを任命した。私は無意味な闘いは避ける主義だ。

「そういえば、マーリンがここで過剰な関心を示しているのを見かけた」私はルーシーに言った。ルーシーは、すでにオーナメントがびっしりと飾られた銀色のプラスチックの枝にガラス玉を吊り下げた。「べつに犯人呼ばわりするわけじゃないけれど」

私はそう付け加えた。実際のところ、マーリンの犯行現場を何度も目撃している――さかんにオーナメントにじゃれついては遠くに跳ね飛ばしていた。

ダイニングルームでは、雪花石膏《せっこう》のシャンデリアや壁のブラケットランプが温かな光を広げていた。波ガラスの窓は分厚いカーテンで覆われている。煉瓦壁に太いオーク材の梁と暖炉があるキッチンをのぞく。ベントンが寄せ木のカウンターでチーズを皿に盛っていた。妹の姿はない。

ベントンはスーツのジャケットを脱ぎ、ネクタイとカフリンクをはずして、袖を几帳面に折って上げている。私が少し前にフランスに出張したときお土産に買ってきたティサージュ・ドゥ・ルウェストのエプロンを服の上から着けていた。おそろいのふきんで手を拭い、ウィートクラッカーの箱を開け、あらかじめ布ナプキンを敷いておいたバスケットにクラッカーを並べた。

「すっかり遅くなってごめんなさい」自分の身なりのひどさが気になった。早くシャワーを浴びたい。今日一日を洗い流せるだけ洗い流してしまいたい。「ルーシーからだいたいのところは聞いた。買い手がロシア人なのか誰なのか知らないし、いったいいつから手を染めていたのかわからないけれど、グウェン・ヘイニーが私たちの情報を売り渡していたとしたら、腹が立つわ」

「彼女がもたらした損害の大きさは考えたくもない」ルーシーはクラッカーを一枚取った。

「このところ政府機関への大規模なサイバー攻撃が連発している理由の一つに、彼女のような人々がある」ベントンは薄切りチェリー・ペッパーの瓶詰めの蓋を開けた。

「トランプで作ったもろい家を壊すには、悪い奴がほんの数人いれば足りる」

「ジンクス・スレーターの証言の内容をケイおばさんに話してたところ」ルーシーはベントンに言い、今度はチーズの味見をした。「何ヵ月か前に告発してくれてればよかったのにね」

「シークレットサービスがジンクスとグウェンに関心を持ったのはいつ？」私は急に空腹を感じて、プロヴォローネチーズに手を伸ばした。

「グウェンの名前が初めて我々の耳に入ったのは、今朝だ。私が本部に呼ばれたのはそのためだ」ベントンが言う。「ＮＡＳＡからトール研究所に出向しているベテラン研究員から我々に連絡があった。所長を務めている人物で、グウェン・ヘイニーの上司だ」

　午前九時からグウェンと一緒に国防総省での重要な会議に出る予定だったのに、グウェンと連絡が取れないと相談された。

「電話に出ないし、郵便受けは満杯だった」ベントンはベビーキャロットを大皿に盛った。

「グウェンは、トール研究所ではどんな仕事をしていたの？」私は尋ねた。

「幹細胞とヒトの臓器の３Ｄプリンティングに関わる最高機密のプロジェクトの一員だった」

　グウェンは六週間前にトール研究所で働き始めたが、研究所の同僚たちはその直後から彼女の行動に不審を抱いた――ベントンはシンクで手を洗いながら言った。

「そのうえ今朝は無断で会議を欠席したから、研究所長は我々に連絡したわけだ」ベントンは続けた。「今日、私が本部で面会した相手はその研究所長だ」

「で、それから？　所長の次にジンクス・スレーターがシークレットサービスに連絡してきたわけ？」私はオーブンの予熱を始めた。

「いや、彼にはこちらから連絡した」

「マリーノとあたしがセキュリティの点検に行ったことはベントンも知ってる」ルーシーが言う。「そのときグウェンから聞いた話もベントンに伝えた」ルーシーはバースツールに腰を下ろし、私は冷蔵庫を開ける。「ママは?」

「どうやら衣装に問題が生じたようでね」ベントンが答える。私はアルミホイルでくるんだガーリックブレッドを取り出す。「裁縫セットを借りたいと言って二階に行ったよ。いまごろはおそらく、ソーシャルメディアに最新の情報を投稿するのに忙しいのではないかな。そのうち下りてくるだろう」

「これをオーブンに入れて。ただし十五分くらい待ってね」私はガーリックブレッドをカウンターに置き、キッチンから出た。「シャワーを浴びてくる。その前に今日にふさわしいワインを選んでおくわ。少し空気に触れさせたほうがいいだろうから」

今日という日を多少なりとも洗練された雰囲気で終えたい。それにふさわしいのは、あのワインだ。洗濯室のドアの次、地下室に下りるドアを開け、電灯のスイッチを入れ、手すりに手をかけながら階段を下りる。木の古い急階段にブーツの足音が大きく響く。湿度を帯びた冷たい空気は埃《ほこり》のにおいをさせている。

荒削りの板を張った天井や入口は低い。壁は石造りで、人ひとりがようやく通れるスペースしかない。まだ開けてもいない荷物が何箱残っているか、いくつの木箱をこじ開けなくてはならないか、考えただけで気持ちが沈む。ほかにも、まだ収納場所を決めていない家具や道具類、ありとあらゆる種類の半端物が山ほどある。

もう一つ電灯をつけたが、光が弱く、暗闇を押しのける力はない。外に出るドアの前を通り過ぎようとしたとき、猫用ドアのロックが解除されるかちりという音が鳴った。私は驚いて飛び上がった。フェラーリ・レッドの首輪を着けたマーリンが入ってきた。やっぱり——小さな悪魔マーリンは、ルーシーと私のあとをついてきたのだ。

「またそうやってこっそり忍び寄って！　寿命が縮んじゃう！　それにしても、よくここだとわかったわね」腰をかがめてなでてやると、マーリンは盛大に喉を鳴らし始めた。「今回は首輪をなくさなかったのはえらいわ。でも、家でおとなしくしてくれるかなって期待していたのに」

マーリンはワインセラーまで私についてきた。ワインセラーと言っても、古い冷蔵庫の温度を十二度に設定して再利用しているだけの代物だ。一つひとつ特別な物語を持つワインを守るため、なかのガラス棚にフォームラバーを敷いてある。扉を開けると冷たい空気がふわりと広がった。私の脚に体をこすりつけてくるマーリンを相手に、私は話し続ける。

「ルーシーの誕生祝いにあなたも参加したいなら、もちろん大歓迎よ。あなただってルーシーにさみしい思いをさせたくないでしょう？」私はささやかなコレクションをざっとながめた。ベントンも例外ではなく、ここにあるワインに手を触れていいのは私だけだ。

長年のあいだに私が集めたビンテージイヤーのワインを無断で飲まない——それが我が家のルールになっている。いま残っているのは十五本。その大半が赤だ。私は一九九六年のプルミエグランクリュを選び出した。このボルドーは先月、私がフランスから持ち帰った一本だ。国際刑事警察機構《インターポール》事務総長から贈られたもので、きっとびきりすばらしいワインに違いない。

明かりを消し、階段のほうに歩いて戻る途中、氷のように冷たい隙間風が吹きつけた。以前にも同じような風を感じたことがある。まるで氷晶の雲を通り抜けようとしているかのようだ。マーリンは、ときどきやるように、私を追い越して走り出した。あたりで影が揺れ、視界の隅を何かの輪郭がよぎった。マーリンが低くうなっている。それからふいに飛び上がった。亡霊のように目に見えない存在に襲いかかるかのように、虚空に爪を立てている。前にも同じようにしているのを見たことがあった。

次の瞬間、マーリンは階段を駆け上がっていき、私より先にキッチンに飛びこんだ。グリンチの着ぐるみ姿のドロシーが戻ってきていて、爪先のジングルベルが取れてしまったのだと言い訳していた。針と糸を探してケイのバスルームの抽斗を開けたけれど、ケイは怒らないわよね、あちこちの棚ものぞいてみたけれど見つからなかったのと続ける。

「鑑識ケースをのぞいてみようかとまで思ったわよ」ドロシーはさらに続けた。私はワインを持ってキッチンに入っていった。ベントンがラベルを確かめて満足げに目を細めた。「いざとなれば縫合用の糸でもいいわと思って。でもようやく見つかったのよ、あなたのお化粧ポーチに携帯用の裁縫セットが入ってた」

「鑑識ケースはいじらないでもらえるとありがたいわ」私はボトルのキャップシールを剝がした。コルクのしっとり湿った感触にほっとする。「必要なものがなかったら現場で困ってしまうもの」当たりさわりのない言い方をしたが、要するに、鑑識ケースを勝手にいじろうものならただではおかないという通告だ。

ドロシーとルーシーは、カクテルナプキンをそろえたり、小皿に前菜を盛りつけたり、忙しく手を動かした。ベントンはワイングラスを出してきた。私はボトルを開けた。コルクはすんなり抜け、ぽんと小気味よい音を立てた。コルクを鼻に近づけると、ボルドーの繊細で豊かな香りがした。

「私が期待しているとおり、極上のワインであることを祈って」私は一口分をグラスに注いだ。「しばらく空気に触れさせたら、最高においしくなると思うの。テイスティング、する？」

「お先にどうぞ」ベントンが言い、私はグラスを掲げた。

グラスを静かに回す。内壁を伝うワインの濃いルビー色を目で楽しみ、また香りを確かめた。

「シャワーを浴び終えるころに、ちょうどよくなっていると思う」私はルーシーの誕生祝いの一杯を口に含んだ。

ソムリエのようにワインを口のなかで転がし、複雑なテロワールをうっとりと味わう……ブラックベリー、砕いた岩、花々……ベントンがこちらを見守っている……ルーシーも……まもなく、それぞれの顔が二つずつに見えてきて……

「何なのかしら、これ……？」床が動いている。「変な感じ……何かが……」グラスを置く。手がうまく動かない。あやうくグラスを倒してしまうところだった。「このワイン……！」

「ケイおばさん……？」ルーシーの声がはるか遠くから聞こえる。「大丈夫……？」

「ケイ！」ベントンの大きな声。うまく息ができない。

「鑑識ケース……！」私は空気を求めてあえぐ。視界がぼやけ始めた。

14

雷鳴が轟く。まるでショットガンの発砲音だ。風は痛みをこらえるかのようにうめいている。雨は怒ったドラマーのように屋根を叩き、私がいるここに水しぶきを浴びせている。

もっと速く……もっとゆっくり……もっと激しく……もっと優しく……暗闇に浮かぶデジタルの時刻は恐ろしげな赤い色をしている……

……8:37……

……8:38……

輪郭がぼやけた一分が過ぎ、次の一分がまた過ぎる。ここはどこだろう。季節は春？　それとも夏？　冬？　秋？

半分死んでいるみたいに感じるのはなぜ？

トラックに轢かれたかのようだ。どうして見えるのだろう。目を閉じているのに。

……8:40……

……8:41……

私は何をしてしまったの?

……8:42……

……8:43……

私の身に何が起きたの?

時計が浮遊を始める。不気味に。まがまがしく。頭骨を切り開くストライカーののこぎりに似た甲高い音。スチールのシンクの底を叩く水のしずく、血を床に滴らせるストレッチャー。熱せられた骨の粉が舞い、死の臭いが充満する。その味がする。そのにおいがする……

次の瞬間、消えている……残ったのは土砂降りの雨の音だけだ……風は、この世に未練を残し、私をさらおうとしている亡霊の一団のごとく叫び……私の思考のなかまで吹きこんできて吐き気を催すような疑惑を植えつける……一九九六年もののボルドー……香りを確かめ、口に含んで、めまいが……記憶の断片がゆっくりと蘇《よみがえ》ってくる……

なんでそう軽率なんだ! 頭のなかの声は止まらない。

私は二階の寝室で毛布をかけて横たわっている。頭がずきずきしていた。全身の関節がひどくうずく。起きなくては。起床時間はとうに過ぎている。稲妻が明滅し、暖かく湿った暗闇のなかでカーテンが青白く光る。嵐のなか、マリーノの大型ピックアップトラックで検屍局を出発した記憶が閃く。

いまは火曜の朝のはず。十一月の最後の日。私の車は検屍局に置きっぱなしだ……職員会議を欠席してしまった……九時の宣誓供述に遅刻してしまう……ラボで確認したいことがたくさんあるのに……夜のあいだに新たな遺体が運びこまれていたら……？

マギーは私の居場所を知っているのだろうか……？

「気分はどうだ？」ベントンが亡霊のように現れ、ベッドに腰を下ろす。暖かくて頼もしい。

ベントンがおはようのキスをする。カーゴパンツとセーターを着ているとわかった。手首にはフィットネストラッカーがある。クロノグラフの時計も着けている。針には夜光塗料が塗られ、バンドはカーボンファイバー製だ。起床してだいぶ時間がたっているのだ。

「少しはよくなったかな」ベントンが私の背中をさする。彼のアフターシェーブローションのムスクの香りが漂った。息はコーヒーのにおいがする。

「こんな程度ですんで運がよかった」私は体を起こす。生きている幸運に感謝すると同時に、人を疑わない自分に猛烈に腹が立った。

もっと用心しないと！

「きみは助かった。肝心なのはそれだ。みんな感謝の気持ちでいっぱいでいる。とりわけ私はそうだ」ベントンは言った。「コーヒーを飲むかい？」

私はいらないと首を振る。とても飲めそうにない。

家族全員が死んでいたかもしれない！

「でもありがとう。コーヒーはもう少し落ち着いてからにする」口のなかがからからに乾いている。「水をもらえる？」

ベントンはベッドサイドテーブルからボトルを取り、キャップをねじ切った。私の昨夜の記憶はところどころ抜け落ちているうえにぼんやりしている。罪悪感と被害妄想に似た不安、それに怒りがふつふつと沸き立っているような感覚がある。それは薬物の作用にすぎないと自分に言い聞かせた。体のなかの化学反応が変調を来している。こんな問題を引き起こした自分がひどく情けない。

「鑑識ケースがあったおかげで助かったよ。あんな状況でも冷静に鑑識ケースの存在を思い出してくれたおかげで」ベントンの顔は影に包まれている。薄明かりのなか、彼の歯だけが真っ白に見える。

帰宅した直後にナルカンの話——家に持ち帰ったほうの鑑識ケースに補充しておか

なくてはという話――をしていたのが幸いした。おかげでベントンは、ナルカンを探して貴重な時間を費やさずにすんだ。どこを探せばいいかわかっていたおかげだとベントンは言った。手持ちのナルカンをフルーグ巡査に残らず渡してしまった私は、愚かだった。もしも家に一つもなかったら、どうなっていただろう。

「小さな幸運が重なった」ベントンは私の腕をそっとさすった。「きみはもう大丈夫だ。もとどおり元気になる」

「自分ではそうは思えないんだけれど」がんばってもう少し水を飲む。

「あれほど自分を無力と感じたのは初めてだ」ベントンが打ち明けるように言う。

「もしもナルカンが効いていなかったらと思うと……ほかに打つ手がなかっただろうから」

「ほかのみんなは大丈夫？　ルーシーは？　ドロシーは？」二人の愕然とした表情を思い出して、私は胸が焼けつくようなパニックに襲われた。

「みんな無事だよ。ほかの誰もあのワインを口にしないように私が見張っていたから」ベントンは言った。

いつも家に置いてある鑑識ケースには、ナルカンはあったが、全員分には足りなかった。二回分しかなかった。私が摂取してしまった薬物の種類はわからないが、作用が強力で、拮抗薬二回分が必要だった。それでも足りないくらいだった。ベントンに点鼻スプレーを投与されている記憶はないが、投与してくれたことは確かだ。彼本人がそう言っているのだから。マリーノが追加のナルカンを届けてくれたことも私は覚えていない。少し時間を置いて、ベントンがもう一回分を私に投与したことも。

ベントンは夜を徹して私のバイタルサインを監視した。いずれも私の指示に従ってのことだ。とはいえ、私の記憶は空白だらけだ。毒入りのワインをベントンに、ルーシーに、ドロシーにテイスティングさせていたらと思うと、頭がどうかしてしまいそうだ。マリーノが我が家に来てみたら、そこで全員が死んでいたということだってありえたのだ。私たちを発見した後のマリーノの行動によっては、彼まで死んでいたかもしれない。

「これほど具合が悪いのはいつ以来かしら」万力で締め上げられているような頭痛がする。

心拍が上がっている。気分はめまぐるしく変わった。とりとめのない考えが次々と湧いてくる。薬物でトリップしているかのようで、両手が震え、胃袋は荒波にもまれる小舟のようだ。

「鎮痛剤をのんでおくかい？　のんだら吐いてしまうかな」ベントンは私の背中にク

ッションをあてがいながら言った。

「いまはやめておく」こめかみをもみほぐし、ゆっくりと深呼吸を繰り返す。眠っても癒やせない疲れを感じた。

「トーストを持ってこようか」ベントンは私の手を取る。私は無理にでも背筋を伸ばして座ろうとした。

「無理そう」私は言った。食べ物を受けつけられそうにない。

「熱いシャワーを浴びたら、きっと気分がすっきりする。ただし、一度に一つずつ進めよう」ベントンが言う。サイケデリックな映画を観ているかのように、脳裏にさまざまな場面が次々閃く。

ワイングラスを置いたことは覚えている。かたんと大きな音がしたことも、あやうくグラスを倒してしまいそうになったことも……ふいに足もとがふらついて……おかしな感じがする、ワインが何か変だと私は言い……そして部屋が回転を始めて……クローゼットの鑑識ケースを取ってきてとベントンに頼み……ああ、でも実際に持ってきてくれたのはルーシーだ……

ベントンは私を床にそっと横たえた……そこですべてが真っ暗になった……次に覚

えているのは、マリーノがあれこれ指図している場面だ。手袋とマスクを着け、私のグラスとワイン、関係していそうな品物すべてを回収した。ニュージャージー訛《なま》りの大きな声。電話をかけていた。レックス・ボネッタを叩《たた》き起《お》こし、たったいまヴァージニア州検屍局長が毒を盛られたとわめいた。

怒鳴るような声で指示を飛ばすマリーノ、新しい肩書――〝法医学運用スペシャリスト〟――を振りかざすマリーノ。キッチンを行ったり来たりしているマリーノを、私は壁にもたれて座った姿勢で見上げていた。どの一言もちゃんと聞こえていた。マリーノは、検屍局の主任薬毒物鑑定官ボネッタの家に寄って、自分で証拠を引き渡すと言った。それから、この件は誰にも絶対にしゃべるんじゃねえぞと念を押した。

この件は極秘に扱われる。国境をまたいだ捜査が行われることになるだろうとマリーノは請け合った――というより、脅すようにそう言った。証拠品用の赤いテープで封をした茶色い紙袋を集め、ばかなことをしたなと私をまた叱った。そこにドロシーが加勢し、二人で容赦ない尋問を開始した。

毒物を簡単に入れられる類の飲食物をどうぞと差し出されて、なぜ受け取るのか。こんな時代だというのに、何を考えていたのか。たとえアメリカ大統領やローマ教皇からの贈り物だろうと関係ない。どうしてそう世間知らずなのか。おそらくはインターポール事務総長を狙って混入された致死量のオピオイドを摂取してしまったのは、私の落ち度だと言わんばかりだった。

混入されていたのはオピオイド系の薬物と考えて間違いないだろう。オピオイド拮抗薬が効いたのだから。ナルカン二回分で、オピオイドの効果が打ち消された。とはいえ、まだ薬物の種類が特定できたわけではないし、このあと類似の事件が続いて起きないともかぎらない。

「私がもらったボトルだけじゃないとしたら？」私はまたも押し寄せてきた吐き気の波を押し戻す。

「それも調査中だ。安心していい」ベントンが言う。

リヨンに出かけたのは十月の終わりだった。ほかにも毒物が混入された同じビンテージのワインが存在するなら、一月もあればとうに誰かが開栓して飲んでいるだろう。地球の反対側にいる私たちが知らない死者がどこかで出ているかもしれない。

「いまはその心配より、きみの回復が優先だよ」ベントンの声には思いやりと優しさがあふれている。「何か腹に入れておかないと。それが一番の薬だ。犯人はかならず突き止める。約束するよ。責めを負うべき人間がいるなら。故意に混入されたのなら」

「ほかにどんな原因がある？」いらだちと怒りがまたもふいに燃え上がって、私は戸惑った。

「たとえばタンニンのアレルギー反応とか」ベントンはおよそありえない可能性を挙げた。「つまり、アナフィラキシーショックを起こした」

「理屈のうえでは考えられる。でも、私の場合は違う」

タンニンなどに対する重度のアレルギー反応だったのなら、気道が閉塞したはずだし、ナロキソンではなく、エピネフリンを投与しなくては助からなかっただろうと私は説明する。この議論をするのは二度目なのではという気がしてきて、不安になる。

「エピペンを試しても効かなかったはず」私は続けた。「中毒作用の強い薬物に反応していると自分でもわかったの。呼吸障害が起きて、意識を失いかけていたから」

「ゆうべ、ベッドに寝かせたときも同じ話をしていたよ。きみは覚えていないようだが」ベントンが言う。

「記憶の一部がまだ戻ってきていないの」私はつい鋭い口調で言い返した。感情を抑えきれない自分がいやになる。「大半のできごとを思い出せない。記憶は穴だらけだし、断片どうしがうまくつながらない。一時のことであればいいけれど。ずっとこのままなのかしら。ごめんなさいね、ベントン。あんなワインを持ち帰ってしまって、申し訳ないわ。開けてしまったことも。いま機嫌が悪いことも。何もかもごめんなさい」

「きみが謝るようなことは何もないさ。だからよしてくれ」ベントンは言った。「よいニュースもある。きみはガブリエッラ・オノーレの命を救ったのかもしれない。彼女の大切な人たちの命も」

「それは本当によかったと思うわ。これ以上ないくらいほっとしてる」それでも、私が軽率だったという事実は変わらない。

「もちろん、すでに徹底捜査が開始されている」ベントンは続けて、今朝早く事務総長と話をしたと言った。

問題のワインは、ガブリエッラがよく知っていて信頼しているベルギーのブリュッセル市警本部長からの進物だった。私は何年も前から何度も彼女を訪ねているが、言われてみれば、著名なゲストが高級ワインや高級酒、チーズ、缶入りのキャビアなどのギフトを携えて彼女の執務室に現れることは珍しくなかった。なんといってもフランスだ。この十月に私が面会したときも、ガブリエッラ自身がこう言った。

「これをどうぞ《アミュゼヴ》、ケイ。健康を祈願して《ボンヌ・サンテ》」ガブリエッラが差し出した茶色い包装紙でくるまれたワインは、まだブリュッセルにあるお店の上品なギフトバッグに入ったままだった。

赤い瓦屋根の町並みとローヌ川にかかるウィンストン・チャーチル橋を一望できる角部屋の執務室でランチをともにしているときのことだった。秋の紅葉が紺碧《こんぺき》の空に映え、テット・ドール公園に面した鋼鉄とガラスのインターポール本部ビルは、まるで宇宙ステーションのようにまばゆく輝いていた。

「宇宙から地上、そして地中六フィートまで《ドゥ・レスパス・ア・ラ・テール・ア・シス・ピエ・スー》」最新のテクノロジーとそれが人類に及ぼすリスクについて話し合うなか、ガブリエッラ・オノーレはそう言った。

最悪のシナリオを数え上げ、熟考しようと思えばきりがない。サイコパスが核兵器を手に入れたら何が起きるかは想像に難くない。だが、毒物、ウィルス、軌道上を周回している人工衛星や宇宙ステーションを含めたあらゆる対象へのサイバー攻撃など、目に見えない世界に隠れているかもしれないものだって、同じように危険だ。

「生と死、善と悪。地球上であれ、上空のどこかであれ、人間の行くところにはつねにその二つがある」ガブリエッラはシャブリのボトルを開けながら、ときおり英語を交えてそう話した。「月、火星、あるいはもっと遠い星。どこまで行こうと、人間の極悪非道《レザクト・モンストルー》な行いに限度はない」

それからガブリエッラは、手にしたグランクリュのワインに視線を戻す。何はともあれ、重要なのは何であるかを忘れてはいけない――いつものチャーミングな笑顔でそう言う。そして気取らないビストロタンブラーにワインを注ぐ。ほのかに柑橘の香りがする爽やかでクリアな味わいが、前菜の生ガキと完璧なハーモニーをなす。

次にテーブルに出されたのはリヨンの名物料理、カワカマスのクネルのザリガニソース添えだ。それをいただきながら、私たちはホワイトバーガンディーの複雑な味わいについて科学的な考察を深めた。

「とはいえ、一番好きなのはと訊かれたら、フルボディのボルドーの赤と答えるわ。できればブレンドものがいい。ポーイヤックやマルゴーね」ガブリエッラは言った。「あなたやベントン、ルーシーも同意してくれると思う。一九九六年はとてもすばらしいビンテージイヤーだって」

彼女はそのワインの出どころをごまかそうとはしなかった。お土産として持たせてくれたワインは、とても出来がよかった年のものではあるが、もらい物だと気負いなく明かした。そして、世界最高の警察機関のトップである彼女は、友情と感謝の証《あかし》として受け取ってほしいと言った。悲劇に見舞われたばかりのルーシーを案じ、みんなでこのフランスの上等なワインで健康を祈念して乾杯してほしいのよと。

なんという皮肉だろう。いまのガブリエッラの気持ちを思うといたたまれない。死神を私のもとに差し向けたも同然だ。私よりよほど大きなショックに打ちのめされているに違いない。あやうく私の家族全員が死ぬところだった。いま残る最大の疑問は、毒物はいつ混入されたのかということだ。

15

「どうやって混入されたのか。ターゲットは誰だったのか」ベントンが言う。「おそらくガビだろうね」ベントンはガブリエッラを愛情をこめて〝ガビ〟と呼ぶ。リヨンにはベントンは来なかった。

アメリカの民主主義を打倒するためのテロ計画を阻止する作戦に関わっていたベントンは、終末《ドゥームズデイ》委員会の第一回国際シンポジウムにアメリカ代表の一員として参加できなかった。残念ではあったが、いつものことだ。私は一人でリヨンに行った。

「インターポール初の女性事務総長で、しかも人権侵害やハッキングに毅然《きぜん》と立ち向かう態度を示している」ベントンは続けた。「とりわけプーチンを公然と非難している。毒殺はロシアの得意技だ」

「インターポールと中国の関係も良好とは言いがたいわ」インターポールの前事務総長が中国出身者だった事実を私は指摘する。「一時さかんに報道されていたところによれば、突然フランスを出国したあと逮捕されている」

「たしかにそうだ」ベントンが言い、私は彼の肩に頭を預けてもたれかかる。「初めからきみや私を含むきみの身近な人間が標的だったとは考えられない」

ワインに薬物を混入した犯人には、事務総長がふと思いついて別の誰かに贈るとは予想できなかったはずだとベントンは付け加える。ブリュッセル市警本部長がそのような計画に関与するとも思えない。捜査らしい捜査をするまでもなく犯人がわかってしまう。

「市警本部長が事情聴取を受けるのは確実だし、下手をすると責任を問われることになりかねない」ベントンは新しい水のボトルをベッドサイドテーブルに置いた。「この一件が公になれば、信頼に傷がつくことは言うまでもない。どのみち市警本部長が犯人だと考える者が出てくるだろう。少なくとも疑われるのは間違いない」

「市警本部長がターゲットだったとも考えられる」私の頭に次に浮かんだ可能性はそれだ。「または、あのワインを販売したブリュッセルの酒店のオーナーとか」

「たしかにそうだ。いまの時点ではわからないことのほうが多い。証拠が見つかるまで、犯罪が行われたと断言することさえできない」

「犯人は、誰が巻き添えを食おうと、何人が命を落とそうと、自分の知ったことではないと考えているのは明らかかね」私は怒りを覚えた。「誰の人生がめちゃくちゃになろうが、死ぬことになろうが、どうだっていいと思っているのよ。誰かの夫、妻、子供。誰が被害者になるか、事件が起きてみないとわからない」そう考えると吐き気がした。

「それについては疑問の余地がない」

ベントンは煉瓦造りの暖炉とアンティークの家具の前を通り、川に面した側の窓に向かった。カーテンを開け、朝の陰鬱な光を部屋に入れる。

「要するに」ベントンは続けた。「いつ、どこでボトルに薬物が混入されたか、どうやって混入したのかが判明しないかぎり、本来の標的を知りようがない」

「そうね。それと、どんな薬物を入れたのか」私はうなずいた。「頭がもう少ししゃっきりして、吐き気が収まったら、すぐにラボに分析の進み具合を問い合わせるわ」

ベッドの私が座っている位置からは、風に揺れる老木の林や、泡立つように渦を巻いているポトマック川上空の雲が見える。私が最後に聞いた天気予報では、またも前線が近づいてきていて、今日は一日、雨が降ったりやんだりのはずだ。しかも今回は、降った雨が凍るおそれがある。オールド・タウンではすなわち停電を意味する。

ひどい嵐がやってくると、このあたりの住人は家にこもる。そのあいだずっと、古い屋根が雨漏りしていないか、木々が倒れてこないか、それはかり気にして過ごす。古い道路や細い路地は一部が冠水し、警察は事故など悪天候関連の通報対応にてんやわんやだ。パトロール警官は土砂降りのなかのパトロールを敬遠する。そしてグウェンを殺害した犯人には好都合にも、先週の金曜の夜、フルーグ巡査は薬物を過剰摂取した二人の救護にかかりきりだった。

強い雨が降っているあいだ、衛星監視カメラはあまり頼りにならない。雲が厚いと、ほとんど役立たずだ。そういった要因がそろい、グウェン・ヘイニーを殺した人物にとって願ってもない条件が作り出された。私の思考は、気づくとその暗い穴に吸い寄せられてしまう。しかしベントンの関心は、あやうく私の命を、そして私が愛する人々の命を奪いかけたワインからまだ離れようとしない。

「薬物を混入する機会があったのは誰か。それを考える必要がある」ベントンは自分のドレッサーの前で言う。強風の朝の薄明かりのなか、彼が着ているものがかろうじて見分けられる。

黒いタートルネックのセーター、黒いカーゴパンツ、タクティカルブーツ。警察の任務を終えて帰ってきたばかりとでもいうようだ。ドレッサーから、私のと同じシグ・ザウエルの九ミリ拳銃を取り出す。

「鎖の輪を一つひとつ見ていこう。きみはインターポール本部で面会したときガブリエッラからワインを渡された」拳銃をポケットホルスターに収め、ウェストバンドにはさむ。「きみは本部からまっすぐリヨンのホテルの部屋に帰った。ワインはそれから数日、部屋にあったわけだね」

ベントンの声を聞きながら、私はタイル張りの床を思い描く。彫刻の施された木の梁がむき出しの天井、色とりどりのシルク地で覆われた壁。キャンドルや石鹸のうっとりするような香り、血のような赤い色をした自家ブランドのボージョレの花々とフルーツ《ブーケ・フロラル・エ・フリュイテ》のブーケの香り。

「そのとおりよ。あなたも知ってのとおり、ランチやディナーを兼ねたものも含め、会議がたくさんあって、出たり入ったりしていた」私は答えた。ベントンも私も忙しくて、数日のあいだ、電話一つしなかった。「部屋にいない時間も多かった。そのあいだ、ワインは包装紙にくるまれて紙袋に入ったまま、クローゼット内の金庫の上に置いてあった」

「つまり、誰でも手を触れられた」

「ええ、残念ながら」またしても自分の愚かさを痛感した。「そのあと、荷物に入れてパリからロンドンに飛んだ。ロンドンには丸一日滞在して、いくつか会議に出た」

もらい物のワインをもらった私がさらに誰かに贈っていたら——事務総長のガブリエッラがしたように、薬物が混入されたワインをまた別の誰かに渡していたら——どんな悲劇が起きていただろう。考えたくもない。その日の夕食はロンドン警視庁長官の自宅で手厚いもてなしを受けた。もしそのとき一九九六年もののワインを手土産にして彼女に渡してしまっていたら。

「あなたも知ってのとおり」私はベントンに言う。「ロンドンには一泊しただけだったから、ワインは荷物に入れたままだった。翌朝にロンドンを発《た》って、飛行機でダレス国際空港に向かった」

「あいにく、そこでまた混入の機会が生まれた」ベントンが言った。

「帰国してからゆうべまではずっとうちの地下室にあった」

「混入の現場となった可能性が一番低いのは、この家だね。だからといって、絶対にここではないと言いたいわけではない。たとえば修繕や改装の作業員の出入りがある」

しかし、私がフランスからワインを持って帰国して以降、我が家を出入りした人はほんの数えるほどだ。防犯システムの修理作業員、システムの誤作動のたびに駆けつけてきた警察官。それだけだ。

「いやになってしまうわ、ベントン」ふいにいらだちを感じて毛布を押しのけた。

「もう何一つ信じられなくなりそう。恐ろしい新型ウィルスの存在を否定する人たち。何かを食べたり飲んだりしても安全か。誰を自宅の敷地に入れてかまわないか。それにもちろん、何が真実で何がフェイクか。何もかも信じられない」

「ワインに薬物を混入したのは、そのへんの平凡な人間ではないはずだ」ベントンが言う。もちろん、彼が正しいに決まっている。「手慣れた人物が、細心の注意を払ってあらかじめ計画して行った犯罪だよ」

頭が割れそうに痛い。新たな吐き気の波が押し寄せる。自分がいやでいやでたまらない。

人間の恐ろしさを誰よりよく知っているくせに！

もっと用心すべきだった。もっと警戒すべきだった。しかし、つねに気を張って生きるのは困難だ。それに、ためらうことなく認める。私は初めての終末《ドウームズデイ》委員会国際シンポジウム参加で気負っていただけではない。悲しみに打ちひしがれた姪、感情をコントロールできる精神状態にない姪が心配で気もそぞろだった。

ルーシーの失意を癒やすためならどんなことだってする。心に空いた穴を埋め、痛みを和らげるためなら、何だってする。ガブリエッラからボルドーワインを手渡されたとき、最初に浮かんだ考えは、もうじきルーシーの誕生日だということだった。テーブルに並んだ好物料理と私がフランスから持ち帰ったとびきり上等なワインを見たときのルーシーの驚いた顔を想像した。

そして何よりも、暖炉の炎の前でゆっくり話がしたいと思った。ルーシーと二人きりで。過去の楽しかった日々を語り合い、これから来るもっと楽しい日々を語り合う。未来に乾杯し、そこに無限の可能性があることを思い出させたい。

知らない相手からもらったものを食べるな、飲むな！

しかし、ガブリエッラ・オノーレは知らない相手ではない。頭のなかで聞こえているのはマリーノの声で、私のではない。ずっとその声が聞こえている。聞いていると、母に口やかましく叱られたときと同じ気持ちにさせられる。職業選択を含め、これまでに重ねてきた過ちを目の前に突きつけられる気分だ。死人を診る医者なのよ、あの子は生きている人のことなんかどうでもいいのよ。母は誰彼かまわずそう話した。

「せっかくだから、今日は家でゆっくりするといい。いつも持ち歩いている埃をかぶった古い資料でも読み返して」ベントンが言った。「朝食を作って持ってこよう。メニューはまかせてくれ」

「もう少し待って。まだおなかが落ち着いていないの。できるだけ早くオフィスに行って、グウェン・ヘイニーの身元確認がどこまで進んでいるか確かめなくちゃ。警察からご遺族に連絡してもらえるように。ああ、でも、もうニュースを見て知っているでしょうね」私は不愉快な事実を思い出す。

「彼女の事件のことはネットでまたたく間に拡散した。しろうと推理がはびこっているよ」ベントンが言った。

足を床に下ろして立ち上がる。ふらついたが、いざとなったら支えようと、ベントンがすぐそばで見守ってくれている。

「その服装。どこか行く予定なの？」私は彼のほっそりとした腰に腕を回した。「それとも、アクション映画で主演でもするのかしら。私の車はオフィスに置きっぱなしなの。オフィスまではあなたが送ってくれるとして、今日のほかの予定は？」

「ゆうべはほとんど眠っていない」ベントンが言う。私は自力で歩けそうか試してみる。「動きやすい服に着替えただけのことさ。自分ではふつうに戻ったつもりでも、当面は車の運転は禁止だ。気分はどうだい？」

「じきによくなる」

「私が訊いているのはいまの気分だ」ベントンが私を抱き寄せる。

「絶好調とは言えない。でもじきによくなる」私は繰り返す。「徹夜で何をしていたの?」

ベントンは、みなが夜を徹して走り回るような事態がいろいろ発生してね、と曖昧に答える。ルーシーは防犯カメラの録画をチェックし、私たちが把握していない人物が我が家の敷地内に出入りしなかったか確認を続けている。

「確かめるべき録画は何時間分もあるんだ。私もしばらくルーシーのコテージに行っていた」ベントンが説明を加える。

私は裸足《はだし》で窓際に立った。医療用スクラブを着ているが、自分では着替えた覚えがない。

「私たちが引っ越してくる以前にまでさかのぼって録画を確認している」ベントンが続けた。「そこまでさかのぼる理由の一つは、私たちが入居する前から下見していた人物がいないか確認するためだ」

私は鏡の前を通り過ぎる。鏡には向かい側の壁に飾られた油絵がぼんやりと映っていた。農場を描いたミロの絵画も、ほかの美術品も、公務員である私の給料ではとても手が届かない。貴重で値の張る財産の大半は、私の財産ではない。いま私たちが住んでいるこの邸宅がその最たる例だ。

スティックレーの低いトレッスルテーブル、茶色のレザー張りのソファ、年代物の革装の書物がびっしりと並んだバリスター書棚もそうだ。夫はピルグリム・ファーザーズまでさかのぼるニューイングランド地方の名家の出身で、お父さんは裕福なアートコレクターだった。私は第二次世界大戦後にマイアミに定住したイタリア移民の二世だ。

父はキューバ系とイタリア系の住民が大半を占める地域で小さな食料雑貨店を営んでいた。私には先祖伝来の家財などない。親から受け継いだ骨董《こっとう》品や美術品はない。ベントン・ウェズリーは資産目当てで私と結婚したのではないと言ってよさそうだ。

「一月前にここに引っ越してきたとき、あのワインを地下室の冷蔵庫に入れたの」私は何が起きたかを探ろうとして言った。「つまりインターポール本部から持ち帰ったワインは、防犯システムの修理の人だけじゃなく、警察を含めてほかの複数の人が我が家の敷地に出入りしているあいだ、ずっと地下室にあったことになる」

「あらゆる可能性をつぶそうと考えて、マリーノと二人で地下室を調べた」ベントンは私を目で追いながら、ベッドのそばで待っている。「きみがワインを保管していた冷蔵庫周辺に重点を置いて確かめた。用のない者が地下室に立ち入ったことをうかがわせる痕跡を探したが、何も見つからなかった」

「でも、いま探して見つかるような痕跡が残っていたなら、もっと前に気づいたのではないかしら。それとわかるようなはっきりとした痕跡なら」

「私に言えるのは、すぐに目につくようなものは何もなかったが、それで何が証明されるわけでもないということだけだ」ベントンがうなずく。「何者かが地下室への侵入を試みたことを示す証拠は何一つない」

「いま言ったみたいに、何かあればもっと前に気づいていると思うの」私は窓の向こう、雄大なポトマック川の向こう岸とこちら——メリーランド州とヴァージニア州——を結ぶウッドロウ・ウィルソン記念橋を見つめたまま言った。

16

今朝の川の水は、古いガラスのような灰色がかった緑色をしている。何世紀あった船着き場の名残、黒ずんだ杭《くい》が何本か、川面《かわも》から突き出している。私たの家を建てた船長が、いままさに私が立っているこの場所から停泊中の自分の船がめている姿が頭に浮かぶ。

「私は一階に下りるが、一人で大丈夫かい？」ベントンが訊く。私は見慣れるにつれ愛着を感じ始めた景色に背を向けた。「それとも、シャワーを浴びているあいだ、もうしばらくここにいたほうがいいかな。めまいがするとか、少しでも足もとがおぼつかないようなら、きみを一人にしたくない」

「もうだいぶよくなったわ。私もすぐに下りていくから」私はベントンを抱き締めてキスをした。これほど気遣ってもらえるなんて、私は幸せ者だ。「もっと扱いやすい結婚相手だっていたでしょうに。私は何度も警告したけれど」

「そんな結婚生活、退屈なだけさ」ベントンは部屋を出ていった。

なめらかでひんやりとした感触の古びたストローブマツの床材を素足で踏んで、私はバスルームに向かった。壁は白いサブウェイタイル張りで、猫足のバスタブとガラス壁に囲まれたシャワーブースが設《しつら》えられている。明かりをつけ、大理石の洗面台の鏡に映った自分の青白い顔を見つめた。

「ひどい顔」一人そうつぶやく。

髪は逆立ったようにぼさぼさで、ドロシーの得意の表現を借りるなら、かんしゃく玉で吹き飛ばされて死んだみたいな有様だ。階段の途中あたりから、ベントンの携帯電話の着信音が聞こえた。ほとんど同時に私の携帯電話も鳴り出した。市外局番はワシントンDCの二〇二、市内局番は五三八。よい知らせではありえない。

「ドクター・スカーペッタです」私はスピーカーモードで応答した。

「トロンです」聞き慣れた声だった。

アメリカ合衆国シークレットサービス所属のサイバー調査官〝トロン〟——本名シエラ・ペイトロン——は、終末《ドゥームズデイ》委員会対策チームの一員だ。様子うかがいやおしゃべりのために電話してきたのではない。そういう人ではない。私はウォッシュタルを熱い湯で濡らして絞り、やかましい音がしてごめんなさいねと謝った。

「ちょっと待ってね」シンクの湯を止めた。

トイレの蓋を閉めてそこに腰を下ろす。顔を上に向け、る。どれほど具合が悪かろうと、そしてその理由も、悟られてはならない。

「お元気、トロン？　何かあったの？」一階からベントンの低い話し声が伝わってくる。おそらく私と同じ知らせを受け取っているのだろう。

「至急、ホワイトハウスにいらしてください」トロンが言う。よりによって人生最悪の二日酔いみたいな気分の朝に。

「ベントンも同じ招集を伝えられているのね。一階で話している声が聞こえる。二人の電話が同時に鳴ったの」私は目に当てていたウォッシュタオルをいったんはずし、もう一度お湯で濡らす。

「ええ、そのとおりです」

「ベントンと私、二人とも？」念のため確かめておきたい。ほんの数分前にベントンが言っていたとおりだ。

私は当面、車を運転しないほうがいい。情けない気分だ。また目を閉じ、湯気の立つタオルをそこに載せた。

「そのとおりです」トロンが答える。よかった、ベントンも一緒なのだ。「問題が発生しました。可能なかぎり急いでいらしてください」ご無理でなければよいのですがとトロンは付け加える。

その口ぶりで、私の体調のことをトロンは知っているのではないかという気がした。いままではただ自分を責めていただけだが、他人の目が気になり始めた。トロンもリヨンで同じシンポジウムに出席していたのだ。私の軽率な行動をトロンはどう思っているだろう。ああ、考えたくもない。

トロンなら、誰から贈られたものであれ、受け取った食品やアルコール飲料をフランスから持ち帰り、家族や友人と一緒に楽しもうなどとは考えもしなかったはずだ。私は二度と同じ間違いを繰り返すまいと胸に誓った。

「すぐに支度をします」私は感じてもいない熱意をこめて言った。立ち上がり、洗面台の戸棚を開ける。「準備して行ったほうがいいことや特別な指示などはあるかしら。あらかじめ知っておいたほうがよさそうな周辺情報とか」

トロンは私の問いに答えなかった。シークレットサービス所属のサイバー調査官トロンには、すでに伝えた以上の情報を私に伝えるつもりがないのだ。私の不安はいや増した。

やはり知られているんだわ。私がどれほど愚かなことをしたか。

いま私はおそらく筋道の立った思考ができる状態ではないのだと自分に何度も言い聞かせる。だって、ゆうべの一件をトロンが知っているわけがないではないか。身近な人たちは別として、ほかにも知っている人がいるだろうか。もちろん、マリーノが真夜中に叩き起こした検屍局の主任薬毒物鑑定官レックス・ボネッタは知っている。しかし誰も緊急通報はしていない。

　警察にも記録はない。メディアにリークされるような情報は存在しない。とはいえこの最新のネタを、たとえばデイナ・ディレッティが嗅ぎつけたら、大騒ぎになるだろう。そう考えただけで胃袋がすくみ上がった。私はデイナの取材を振り切った。その場面が全国ネットで放映された。

　アドヴィル鎮痛剤を四錠、掌《てのひら》に振り出し、水なしでのんで、鏡をのぞきこむ。人前に出られる状態まで繕えるだろうか。トロンは続けて、ベントンと私の名前をすべての検問ポイントと守衛詰め所に伝えておくと言った。

「気をつけていらしてくださいね。西　棟《ウエスト・ウイング》のエグゼクティヴ・ゲートでお待ちしています」トロンはそれ以上の説明を加えないまま電話を切った。一階でベントンが電話で話している声が階段伝いにかすかに聞こえている。

　話の内容は聞き取れないが、電話がまだ続いているという事実そのものが多くを語っている。ベントンには――ベントンだけに、情報が共有され、意見が交換されている。まもなく話し声は遠ざかって聞こえなくなった。ベントンがキッチンに移動したのだろう。私は医療用スクラブを脱いで洗濯物かごに入れた。

雲のように広がった湯気を深々と吸いこむ。シャワーを浴びていると、さまざまな思いが押し寄せてきて、涙があふれかけた。ヴァージニア州に戻ったのは失敗だったかもしれないという不安に押しつぶされかけた。私の目はくらんでいたのではないか、身勝手なことをしてしまったのではないか。そう思って恐怖にとらわれた。結果として私は全員を問答無用でここに連れてきてしまった。みんなが来たのは、私に一緒に来てと頼まれたから、検討してみてと言われたからではない。私は頼んでいない。そんなことは考えもしなかった。

それでも全員が一緒にここに居を移した。私は何を考えていたのだろう。私はたぶん、一日が終わるたびに自分の前に伸びている道よりすでに歩いてきた道のほうが長くなるという現実、後戻りはできないという現実に向き合いたくないのだ。州検屍局長の職に復帰しないかと最初に打診されたとき、私は自分をだましたのかもしれない――これであのころに戻れるのだと。

いや、それよりも、ジャネットとデジを失ったあとの日々から逃げようとしていたのかもしれない。二人の死を境にルーシーが変わってしまうのを見ていられなかった。死は、どれほど負けを認めたくなかろうと、決して勝てない相手の一つだ。自分のキャリアが始まった場所に帰ってみたところで、誰のためにもならなかったとしか思えない。

　局長就任からまだ一月しかたっていないが、うまくいっていると言えそうなものは何もない。その責任を負うべきは私一人だ。このままではいけない。誰かの感情を害してしまったらと怖がってばかりで自分からは行動せず、なりゆきにまかせていても、何も解決しない。

　おばさんは優しすぎるんだよ。

　私の職場で何が起きているか人づてに聞いたルーシーから、何度そう言われたことか。

　怖がってないで、誰がボスなのかはっきりさせなくちゃ、ケイおばさん。

　誰かの機嫌をそこねてしまうのではと心配しているだけでは、何も変わらない。怒りがじわじわとこみ上げてきて、決意が固まっていった。シャワーを出てタオルで体を拭う。くじけかけた気持ちを立て直すには、仕事に戻るのが一番だ。

　バスローブを羽織り、ＤＮＡラボに電話をかけた。私の知らない事務職員の朗らかな声が聞こえた。「キャンディです」ネイルサロンの電話応対のようだ。私は名乗ったが、キャンディは「はい」とつぶやくように言ったきり何も言わない。そこで私は「おはよう」と付け加えた。

「あ、はい、おはようございます。えーと、誰におつなぎします?」気の抜けた声でそう訊かれた。キャンディは私の直属の部下ではないから、しかたがないのかもしれない。

しかし、キャンディの上司であるラボの室長は私の直属の部下だ。しかるべき理由があれば、キャンディだってただではすまさない。

「たしかお話しするのは初めてだったわね。私は新しい局長よ」彼女の頭のなかで点と点が結びついていない場合に備えて、私は言った。

「はい、知っています。ニュース番組で見ましたよ。デイナ・ディレッティが取材を試みたときの映像で。彼女、実物はどんな感じでした?」

「ドクター・ギヴンズにつないでいただける?」私は言った。事務職員のキャンディは、いま席をはずしているみたいです、どこに行っているのかわかりませんと言った。

「きっと何かで手が離せないんです」キャンディは言った。退屈してあくびをしているのが目に見えるようだ。「時間を置いてまたかけてみていただけますか」

「キャンディ？」その声音を聞いて、キャンディが居住まいを正すのがわかった。

「ドクター・ギヴンズがいま何をしている最中だろうとかまわない。いますぐ電話をつないでちょうだい」

「あっと、はい、局長。わかりました……ちょ、ちょっとお待ちください」キャンディは口ごもりながら言い、電話は即座に分子生物学者のクラーク・ギヴンズに転送された。

「どう？」電話した理由を改めて説明する必要はない。

「一時間以内に結果が出るはずです」クラークが答える。私はシンクの前に立ち、デンタルフロスを必要な分引き出して切る。

遺体がグウェン・ヘイニーと確認できしだいメッセージをもらえるよう頼んだ。同時にオーガスト・ライアンにも知らせてほしいと伝えた。遺族に連絡しなくてはならない。

「あいにくご遺族や知人は、ニュース番組を通じてすでに知っているかもしれない。あってはならないことなのに」私はタオルで髪の水気を拭う。

「もう何度かオーガストからうちに問い合わせがありました。マスコミは手に負えませんよ。どうやら関係者を手当たり次第に追い回しているようで」クラークが言う。

「数時間前に出勤したら、テレビの中継車が待ちかまえていて、車から降りて建物に入る職員を撮影していました」

「当ててみましょうか」私はシンク下の抽斗からスタイリングジェルを取り出す。

「どうせまたデイナ・ディレッティでしょう」

「あの番組のプロデューサーも何度も電話をかけてきています」スピーカーから流れるクラークの声が主寝室に響く。「グウェン・ヘイニーを殺した犯人を〝鉄道殺人鬼《レールウエイ・スレイヤー》〟などと呼んで、大特集を組むつもりでいるんですよ。視聴者は震え上がるでしょうね」

「おかげで、事件の解決に取り組む私たちの仕事がますます困難になる」私は言い、フルーグ巡査から聞いた別の死亡事件の話を持ち出した。

キャミー・ラマダ。グウェンが発見されたと同じデンジャーフィールド・アイランドの公園内、ポトマック川岸で遺体となって発見された女性。私はクラークにそう説明する。

「発見されたのは四月の初めごろ。事故による溺死と断定された」私は濡れた髪を櫛《くし》でとかし、少量のジェルをもみこんだ。「でも昨日の夜一緒だったある巡査から聞いたの。キャミー・ラマダは殺人の被害者だとしか考えられないって。その事件について、解決されていない疑問がいくつもあるそうよ」

「その巡査というのは？」クラークが訊く。慎重になっているのがわかる。

「ブレイズ・フルーグ」私は戸棚を開けた。私の持ち物をドロシーがあさってくれたせいで、あらゆるものの置き場所がいつもと違っている。「彼女と一緒に時間をかけてグウェン・ヘイニーのタウンハウスを調べたの」

「で、私がどのようにお役に立てるんでしょう？」

「あなたの意見を聞きたいの。キャミー・ラマダの不可解な溺死事件が起きたころ、あなたはもう検屍局で仕事をしていたわけだから」当時、私はまだマサチューセッツ州から移ってきていなかったからと付け加える。

その事件はさほどのニュースにならなかったのだろう。もし大きく報道されていたら、私にも覚えがあったはずだ。また、連邦公園警察のライアン刑事の口から事件の話が出たことは一度もない。キャミーの事件には触れるなという申し合わせなどないことを願うのみだ。

「観光、地元企業、政治、いろんな思惑があるでしょうし」私はクラークに言う。

「キャミーの死亡事件とグウェン・ヘイニーの事件は確かに無関係だと確認しなくちゃ」私はそう付け加える。クラークは驚いたように黙りこむ。

「誤解のないようにしておきたいのですが」沈黙の末にクラークは言う。「キャミー・ラマダの遺体が発見される前後、私は休暇を取って家族とアウターバンクスに旅行中でした」

ひとことで言えば、彼のラボはキャミー・ラマダ事件のDNA型鑑定を行っていないのだとクラークは付け加える。クラークが把握しているのは、警察と話して得た情報、警察の報告書から知った事実だけで、ほかには何の材料も持っていない。

「FBIがクワンティコのラボにサンプルを持ちこんだんです」クラークは説明を続けた。FBIは今回も私を相手にきっと同様のことを試みるに違いないと私は思った。

だが、そうはさせない。グウェン事件の物証はまだFBIに譲り渡していなかった。遺体をはじめ、事件に関連するものすべては検屍局長の権限に属している。つぶれた一セント硬貨も、私が採取した物証も、検屍局のラボですでに進行中の分析も、言うまでもなくそこに含まれる。

「記録に目を通したのであれば、すでにご存じとは思いますが」スピーカー越しにクラークが言う。「FBIに事件を乗っ取られたら最後、私たちはもう手も足も出ません」

「それが、まだ記録を見ていないの」私は鏡を見ながら髪をどうにか整えようとする。「キャミー・ラマダ事件のことはゆうべまでまったく知らなかったから。でも、今日中に必要な情報を頭に入れるつもり」

FBIがほしいものだけ持っていったあとはそれきりです。捜査は終わりました。

クラークによると、現場の管理が適切に行われなかった。要するに〝厨房《ちゆうぼう》に料理人が多すぎて〟、現場の汚染という問題が生じたのだ。

「前の局長をどの程度よくご存じかわかりませんが」クラークが続ける。よくご存じどころではない。「近年、前局長はあまり現場には出ていなかったようで」

「ええ、そのようね」それだけ言うにとどめた。

エルヴィン・レディは、監察医というより政治家に近い。監察医の仕事に情熱も敬意も抱いていないし、生死にかかわらず患者にはさらに関心を示さない。急死した人々、むごいやり方で命を奪われた人々の遺族と話をするより、ニュース番組に出演したり、著名人や権力者と交流したりするほうを好む。

彼のキャリア初期から、私はエルヴィン・レディの本質を見抜いていた。監察医でも助手でもない職員に、ウジがわいた遺体の収容袋を開けさせたり、女性の遺体を見て〝もったいないな、そそる体をしているのに〟と品のない感想を述べてみたり。卑《ひ》猥《わい》なジョークを言っているのが聞こえたことが何度もある。

人工関節や豊胸用インプラントのような〝記念品〟を取っておくような人間だった。私はそれに気づいてすぐにやめさせた。私がこれまでに指導したなかで最悪の後輩法医学者、エルヴィン・レディと同僚だったリッチモンド時代、彼とは衝突した記憶しかないと言えば十分だろう。

17

「あくまでも噂として聞いてください。私はその場にいたわけではないので」クラークは、今年四月の事件について、自分が知っていることを続けて話す。「ドクター・レディが現れて、現場はますます混乱したそうです。警察が黙認しかねるようなことをドクターがしても、誰も異議を唱えようとしなかった」

「たとえばどんなこと？」

「適切な個人防護具を着けなかったとか」クラークは言った。「マスクと手袋を着けただけだったそうです。しかも、指摘されてようやく着ける始末だった」

エルヴィン・そうだが、レディは懐中電灯の光を遺体に向けている写真を見たとクラークは話す。だが、レディは法医学の適切な法手続きを踏むことで知られた人物ではない。そういったつまらない規則は自分以外の者が守るために存在するとでも思っているのだろう。

「それ以前に」クラークが続ける。「現場は国立公園内でしたから、お決まりの厄介な問題があったわけです。要するに、連邦の口出しです。あの公園は、厳密には連邦公園警察の管轄ですから」

しかしデンジャーフィールド・アイランドはアレクサンドリア市内に位置しているから、アレクサンドリア市警の縄張りでもある。さらにFBIも捜査権を主張できる。さらにややこしいことに、キャミー・ラマダの遺体は、一部はヴァージニア州内の土の上に、一部はコロンビア特別区内の水中に位置していた。マリーノなら〝クソ爆弾が炸裂《さくれつ》したみたいな〟と表現するような状況だ。

「現場は大混乱です」シンクの縁に置いた携帯電話から聞こえるクラークの声に耳を澄ましながら、私は人前に出られるよう見てくれを繕う努力を続ける。「公園警察と地元警察とFBIの三つが関わる事件なんて、誰が関わりたいものですか。そのうえヴァージニア州検屍局長以下一同は、事件性はないと言い出すんですから」

「そもそもエルヴィン・レディが現場に来たのはどうしてなのかしら」メイク用ポーチのファスナーを開けた。ドロシーが裁縫セットを探して引っかき回したあとが見て取れる。

「さっぱりわかりません。私が知っているのは、ドクター・レディのDNAが検出されて、それを除外したことくらいです。さっき話した汚染というのはそれです」

私の前任者が事件性はないと断定して、捜査は事実上打ち切られた。

「サンプルは鑑定されず、データベースにも登録されませんでした」クラークが言い、私は愕然とした。

「FBIは、現場から採取したDNAをCODISと照合しなかったの？」私の聞き違いでありますように。

「私が知るかぎり、キャミー・ラマダ事件のDNAプロファイルはいずれもCODISにアップロードされていません」

「どうして？」私はそう尋ねると同時に、エルヴィン・レディはこれ以上ないほど怠慢で無能だからに決まっていると思い直す。

「明確な目的なく照合を行ってはならない」クラークは誰もが知るCODISの規則を暗誦《あんしょう》する。私もそれはもちろんよく承知している。

DNAプロファイルは、容疑者から採取したものでなくてはならない。犯罪が行われていない状況では、容疑者は存在しない。汚染されたサンプルは許容されない。動機が私欲や怠慢ではなく正義であれば、規則上の制約は克服できることはクラークだって知っている。

「誰かが事件性はないと断定したからと言って、殺人事件でなくなるわけではない」鏡を見つめ、アイシャドウは控えめにする。茶色をほんのひとはけだけ。「ドクター・レディは捜査を継続するべきだったわね。だって、キャミーに何が起きたか断定できなかったわけでしょう。捜査が続いていれば、証拠の分析がきちんと行われて、私たちがいまこんな会話をしていることもなかったはず」

「ええ、異論はありません」

「というわけで、こうしましょう」私はアイライナーを手に取った。「キャミー・ラマダ事件を未解決事件として、初めからやり直すの」

「やり直す？　どうやって？　捜査は終結しているんですよ」

「たったいま、私が捜査を再開した。残っている物証や検死解剖の記録をもう一度点検してみましょう」私は髪を後ろにとかしつけた。とりあえず見られる顔になった。

「DNAを採取できそうな標本を探しましょう。キャミーの死は事故ではなかったという前提で」

遺体の皮膚表面、開口部、爪の下などから綿棒で集めたサンプルに重点を置いて見直すよう指示した。

「発見時のキャミーの着衣も」私はそう付け加えた。同時進行でルーシーにメッセージを送り、被害者に関する情報収集を頼んだ。

「発見時には服を着ていました。性的暴行が目的のようには見えませんでした」クラークが言い、私は次にマリーノにメッセージを送る。

あとで手伝ってもらいたいから、待機していてほしいこと、またあとで連絡することを伝えた。そして、待機しているあいだに、今年四月に起きたキャミー・ラマダ事件について調査してほしいと頼む。

「ランニングタイツ、ランニングシューズ、長袖のジャケット」クラークは記憶をたどって遺体の着衣を説明した。「これもまた現場写真をごらんになればわかります」

ルーシーから〈了解〉の意味の絵文字が返ってきた。集められるかぎりの情報を集めてくれる。ルーシーがというより、ルーシーとジャネットの二人が、だろう。

「着衣から切り取った布地サンプルは保管されていますが、分析はされていません」クラークが言う。

「FBIのラボに行ってしまっているものが多いの？」

「向こうがほしいサンプルだけ持っていきました。ほとんどはいまもうちのラボにあります」

「すぐにラピッドDNA型鑑定を始めて」私は指示した。「未知のDNAプロファイル、部分プロファイルをすべてCODISの照合にかけてね。一致するデータがなかったら、次はDNA家系図サービスを試しましょう」

「しかし手もとにあるDNAプロファイルは、やはりCODISの照合規則に違反します」クラークが言う。私の携帯電話に新しいメッセージが届く。

〈ラマダ事件なら聞き覚えがある。奇妙な事件だった〉マリーノの返信だ。

「FBIのデータベースに照合をかける前に、やれることがある」私はクラークとつながったままの携帯電話を持ってバスルームを出た。

キャミーとグウェンの二つの事件に関連して検出された未知のDNAプロファイルまたは部分プロファイルを比較してみてほしい。そうクラークに指示した。クローゼットの扉を開け、どのスーツがふさわしいかと考えながら、できるだけ急いでね、と付け加えた。「二件とも殺人で、しかも同一人物の犯行だと判明したら、次の被害者が出るおそれを考えなくちゃならないから」

十時半、車のワイパーがせっせと動いている。いまのところは小雨だが、このあと大気はさらに不安定になる予報だ。ふだん以上に渋滞が激しく、車はゆっくりとしか進まない。ヴァージニア州のこのあたりはいつも大渋滞しているから、それに輪をかけたのろのろ運転だ。

私たちが乗っているのはベントンのテスラSUVで、ハンドルを握るベントンは、霧の日のまぶしさを軽減するアンバー色の偏光グラスをかけている。最初に着ていた現場向きの服から、いつもどおり一分の隙もないスーツに着替えていた。パール色のピンストライプ入りのチャコールグレーのスーツに、丈の長い黒いトレンチコート。

例によって、私よりベントンのほうがファッションで個性をたくみに表現している。私はプルシアンブルーの飾り気のないパンツスーツに、すべりにくい底がついた実用一辺倒のローヒールのアンクルブーツという出で立ちだ。焦げ茶色のキルティングジャケットは防水生地で作られたシンプルなもの。もっと気力体力が充実していたら、スカートを穿《は》き、ブーツではなくドレッシーな靴を選んでいただろう。

「彼女の死亡事件をもっと突っこんで調べてみようとは誰も考えなかったのではないかな。うやむやになってくれと願った人間も一部にいただろう」ベントンはキャミー・ラマダの事件についてそう言った。

「願う以上のことをしたのではと気になるの」私は言った。

「まあ、おそらくそうだろうね」

「よりによって今日、緊急会議でワシントンDCに呼ばれるなんて。キャミーの事件を優先すべきなのに。私がそちらの事件に取りかかれるのはいつになることやらだけれど、ほかの人たちに先に始めていてもらえるのは幸いね」

私はまずルーシーに電話した。何よりもルーシーの様子を確かめておきたい。

「あとどのくらい？」スピーカーからルーシーの声が聞こえた。まずまず元気そうな様子だ。

「渋滞の状況による」ベントンが答える。「あと十五分といったところかな。着いてからまた検問ポイントで時間を取られるだろうが」

「向こうの用件はまだわからないわけ？」ルーシーが言う〝向こう〟とは、シークレットサービスのベントンの同僚、トロンのことだ。

二人は知り合いではあるが、用心深く距離を保っている。いかにも相性が悪そうだ。少なくとも、すぐに意気投合することはないだろう。二人はあまりにも似すぎている。

「私まで呼ばれる理由にまるで見当がつかない」私は言った。

ルーシーには、行き先がホワイトハウスであることまでは知らせていない。ベントンと二人でシークレットサービスに呼ばれたこと、ワシントンDC内でも高度な警戒態勢が敷かれたエリアに行くことだけを伝えてある。それだけ聞けば察しがついているかもしれないが、ルーシーは詮索などしない。

「キャミー・ラマダの調査のほうはどう？」私は水を一口飲んだ。「彼女の身に何が起きたのか、どうやら疑問だらけのようね」

「いま調べてるけど、ほとんど情報がない。ほとんど何も報道されてないし」キーを叩く音が聞こえている。「当時、ソーシャルメディアでは少し話題になったみたい。いま二人で深掘りしているところ」ルーシーはそう続けた。こうして話しているあいだもジャネットのアバターを見つめているのだろうか。

「しばらく連絡が取れないと思う。ことによるとほぼ一日」私は言った。「マリーノと協力して先に進めておいて」

「体のほうは大丈夫？」ルーシーが訊く。毒入りのワインの作用を感じ始めたときに見た、ルーシーの怯えきった目は一生忘れられないだろう。

「もうすっかり元気よ」それは嘘だ。「きっと夕飯は一緒に食べられる」

電話を切る。車は、デンジャーフィールド・アイランドを右手に見ながら、ジョージ・ワシントン記念パークウェイをたどる。〝アイランド〟とは言っても実際には島《アイランド》ではなく、アレクサンドリア市の北端、幹線道路とポトマック川にはさまれた樹木に覆われた一帯だ。

「キャミー・ラマダ事件は風評リスク、地元の産業や何かを脅かすものととらえられたのだろうね」ここまで耳に入った情報をベントンはそう分析した。

「そうね、エルヴィン・レディはおそらくそう受け止めたんだと思う。母の口癖を借りれば、〝それは考え違いも甚だしい〟」私は窓の外の密生した木々を見つめた。この時季はほとんどの木が裸だ。

デンジャーフィールド・アイランドの公園は、ランナーやサイクリスト、バードウォッチャーに人気で、今日のように曇っていると見えないが、川沿いにはマリーナとヨットクラブもある。ほかに、ベントンと私がときおり訪れる、川とボートを眺めながらお酒と食事の両方が楽しめるお店もある。たまにアカオノスリやハクトウワシが姿を見せたりする。

渦を巻く霧と対向車のまぶしいヘッドライトの向こうに、タイダル・ベイスンとトーマス・ジェファソン記念館の純白のドームがおぼろに見えてきた。新しいメッセージがないか、携帯電話をチェックする。私はレックス・ボネッタからの報告を待っていた。また彼に電話をしてみると、今度はつながった。こちらはスピーカーモードになっていることを伝える。

「気にしないで話してくれて大丈夫。ベントンと車に乗っているの」

「体のほうはいかがです？」レックスが訊く。

「ずいぶんよくなったわ。お気遣いありがとう」

「それはよかった。いまうちのラボは大忙しですよ。ゆうべ、局長が摂取してしまった毒物の正体を突き止めようとして」主任薬毒物鑑定官レックスの穏やかな声がサラウンドスピーカーから流れる。「というより、局長をダウンさせた毒物、ですね」

「真夜中に自宅に押しかけちゃったみたいで、ごめんなさい」マリーノのチャイムとノックで死ぬほどびっくりさせてしまったのではないかと申し訳なく思った。「ご家族に謝っておいて。でも、知ってのとおりの緊急事態だったから」

「いやいや、お元気そうで何よりですよ」

「ときどき奇妙なフラッシュバックが起きるの。それ以外は元気よ。いまは会議に向かっているところ」陰鬱な曇り空と霧雨《きりさめ》のなか、ワシントンDCの心臓部に向かっていることは話さない。

「よいニュースと悪いニュースがあります」レックスが言う。「といっても、大半は悪いニュースです」

いま車は十四番ストリートを走っている。高く伸びる柱のあいだにカラフルな垂れ幕が下がっている。官公庁前にはコンクリートのバリケードが設けられ、破壊と不敬がはびこる世界であらゆるものの接近を拒んでいる。

「物証を預かっていたあいだに、勝手ながらコルク栓とそれにかぶせてあったキャップシールをちょっと調べてみました」レックスが説明を続ける。「顕微鏡で見たら何か発見があるかと思いまして。最大の謎は、ワインに毒物を混入した手口ですから。おそらく瓶詰め後に混入したんでしょうし」

「そう願いたいね」ベントンが言った。交差点ごとに軍用車両や警察車両が駐まっている。「市場に出ている複数のボトルに毒物が混入されているおそれなど考えたくもない。とはいえ、もしそうならすでに発覚しているだろう。死者が出ているはずだ。下手をすれば複数の」

現実とは思えない光景が脳裏にこびりついている。私物が犯罪の証拠として採集されている光景。自分が局長を務めている検屍局に、あやうく私自身が安置されるところだったのだ。体液のサンプル、私の小さな断片が、私の検屍局の一つの階から別の階へと順繰りに送られる。ヴァージニアに戻ってきたとたんにこんなことになるなんて。始めたことをそんな風に終わらせることになるなんて。

「キャップシールとコルク栓に、低倍率でも確認できる大きさの穴が開いていました」車は左折してHストリートに入り、レックスの声が車内に大きく響く。「無作為に毒物を注入したのかもしれませんが、私の経験から言えば、特定の人物を狙った犯行のように思えますね」

「その穴は裸眼でも見える？」私は冷蔵庫から問題のワインを取り出して一階に上がったときのことを思い返す。

キャップシールにせよコルク栓にせよ、入念に確認したりはしなかった。それどころか、ろくに見もしなかった。

「いや、ふつうなら気づかないでしょう」レックスが言う。「あるとわかって見れば気づくでしょうが」

レックスはさらに続けた。私がコルク栓を傷つけないハサミ型のコルク抜きを使ったのは幸いだった。たとえばよくあるスクリュー式のコルク抜きだったら、注入の痕跡は破壊されてしまっていただろう。

18

コンクリートのバリケードと鉄柵で守られたホワイトハウスとその周辺は、要塞か刑務所のようだ。そして上空から一帯を睥睨《へいげい》するワシントン記念塔は、テロリストに向けて突き立てられた中指だ。

「毒物はキャップシールの上からコルク栓に針を刺して注入されたんです」レックスが要約する。私は開栓する前にボトルをもっとよく観察すべきだった。

「誰かが手を加えたようにはまったく見えなかった」私は言った。運転中のベントンも首を振る。

ベントンも気づかなかった。もちろん、あのワインにおかしなところがあるようには見えなかった。だからこそ、毒物を混入するときは特殊な注射器を使うのだ。これを飲んだら自分は死ぬと気づかれては意味がない。

「毒物が混入されているなんて、思ってもみなかった。それほど巧みに注入されていたなら、どのみち気づかなかったかも」言い訳はしない。「ぱっと見ただけで針の穴に気づく人なんていないわ。誰だって見逃すでしょう。それより謎の解明に必要なのは、毒物のスクリーニング検査よ。毒物の正体に見当はついているの、レックス？」

「悪いニュースというのはそれでして」レックスが言う。鉄柵で仕切られ、立入禁止になったラファイエット広場は無人だ。前の通りに軍用トラックが並んでいる。「まだ正体がつかめません」

「カルフェンタニルの可能性は？」

オピオイド系合成麻酔薬カルフェンタニルは、モルヒネの一万倍の力価を持つ。これが添加されたヘロインなど違法薬物の過剰摂取による犠牲者を、私は何人も見てきている。

「カルフェンタニルはロシアがよく使う薬物だ」ベントンがまた口を開く。

二〇〇二年に発生した、チェチェン独立派の武装集団がモスクワの劇場を占拠した事件で、カルフェンタニルを含む無力化ガスを劇場内に流しこんだと言われているとベントンは説明した。〝催眠ガス〟は狙いどおりの効果を発揮したが、百名を超える人質を死なせてしまった。

「あなたがほぼ即座に気を失ったと聞いたので」レックスが言った。「私の頭にまず浮かんだ候補もそれでした。しかし、さっきも言いましたように、従来のスクリーニング検査では何も引っかかりませんでした。カルフェンタニルの検査もしたんですが」

結果は陰性だったとレックスは繰り返した。その結果が暗に示しているのは、きわめて危険な新しい毒物である可能性だ。その正体を突き止めるにはしばらく時間がかかるかもしれない。むずかしい薬毒物事件の解明は長期化しがちだ。私はフルーグ巡査の母親を思い出した。

何年も前に何度も仕事で一緒になったが、私は彼女が苦手だった。ただ、優れた才能の持ち主ではある。型にはまらない考え方ができる人だ。そんなことを思い出しながら、私はレックスに、ボトルとキャップシール、コルク栓から指紋とDNAを検出できないか確かめてほしいと伝えた。

「そのあと、微細証拠ラボに送って」私はやることリストに新たな項目を加えた。「ワインのサンプルも微細証拠ラボで分析してもらいたい。ボトルの底にたまっている微粒子があれば、それを優先して分析する」

「お願いね。新しいことがわかったら、その都度、連絡して。ただ、いまから数時間は連絡がつきにくいと思う」私はそうレックスに伝えた。本来なら、主任薬毒物鑑定官であるレックスが最初に証拠の分析を行うことはない。

次に誰に証拠を受け渡すか、何の検査をするのか、私がレックスに指示することもない。あとで証拠保全の正当性が問われることにならないよう祈るばかりだ。なぜなら、マリーノが真夜中にレックスの自宅に押しかけた時点ですでに、適切な手順から大きく逸脱したからだ。

車は十七番ストリートをゆっくりと進む。目的地はもう目の前だ。私はブリーフケースから口紅を取り出し、バイザー裏の小さな鏡で手早く化粧直しをした。ベントンと私がいつも好んで宿泊する壮麗なザ・ヘイ・アダムズ・ホテルが右手に見えてきた。私は入口の柱廊玄関《ポルチコ》に焦がれるような目を向けた。霧のなかで四つの旗が翻っていた。

街の至るところに州兵や警察官が臨戦態勢で立ち、要所要所に装甲車両が配置されている。南側の楕円広場《エリプス》はほかのあらゆる区域と同様、鉄柵で守られていて立ち入れない。ナショナル・クリスマスツリーはもう設置されているが、ランプ点灯はもう少し先だ。行き先はわかっているが、誰とどんな理由で会うのか、私は知らされていない。ベントンも、私たちに何が期待されているのか、ヒントになりそうなことを何一つ教えてくれない。

だが、詳しく教えてと彼を問い詰めても無駄だ。行く手に最初の検問ポイントが近づいてきた。灰色の空の下、ホワイトハウスが卵の殻のように白く輝いている。

その向かい側に、ルーブル美術館そっくりのアイゼンハワー行政府ビルがどっしりとそびえている。灰色の花崗岩の建物で、屋根の装飾や窓枠は鋳鉄だ。

私たちはバリケードの手前で車を停め、ウィンドウを下ろして、迷彩服を着たそっけない州兵に身分証を提示する。そのあいだに軍用犬がにおいを嗅いで回った。無線のやりとりがあって、私たちは通行を許可されたが、ほんの少し進むとまた同じ手順が待っていた。

ようやく高さ四メートルの黒い鉄のフェンスに守られたホワイトハウスの敷地に入った。今回の警備はかつてないレベルでものものしい。前方の守衛詰め所には可動式の鋼鉄のバリケードとタイヤスパイクが設置され、穏やかならぬ警告の文言が無数に掲げられていた。行く手に駐車場が見えているが、ここから見るかぎり、全スペースが埋まっている。

「おはよう」ベントンは、スリングで吊り下げたMP5サブマシンガンを胸に抱えた、シークレットサービス制服部門の隊員の一人に声をかけた。

「身分証を拝見します」ここまで何度も聞いたのと同じ対応だった。面識があろうとなかろうと関係ない。

実は飲み仲間であろうと、あるいは血のつながった兄弟であろうと、傍《はた》からはそうは見えないはずだ。犯罪心理学者であり、シークレットサービス専属の人間工学エキスパートであるベントンは、サイバー調査官や対テロ対策エキスパートと緊密に連携しながら仕事をしている。諜報《ちょうほう》コミュニティとも深い関わりを持っている。それでも、いま私たちが受けている扱いを見るかぎり、とてもそうは思えないに違いない。ホワイトハウス全館に自由にアクセスできるベントンの許可証の効力も、私たちが提示した身分証を確認した、マーベル・コミックのヒーローのような体格をした隊員のうなずき一つにとうてい及ばない。隊員は無表情に私たちの身分証に目を走らせ、携帯型スキャナーで読み取った。その間も周囲の警戒を怠らない。

もう一人の隊員は長い柄がついた鏡で私たちのハイテク電気ＳＵＶの下側を検査し、爆発物がないか、武器など禁制品が隠されていないかを確認している。次にベルジャンマリノア種の犬とそのハンドラーが近づいてきた。ＳＵＶのガルウィング形のドアとトランクの蓋が開く。すらりとした体つきのシェパードに似た犬は勤勉ににおいを確かめて回った。犬が見つけたのは、ベントンがつねに携帯している拳銃一丁だけだった。

「よい一日を」警備官の一人が手を振って私たちを通す。

「何か重大なことが起きるとすぐにわかるね」ベントンが言う。「駐車スペースがいっぱいになるから」

私たちがそろそろとたどっている細い道の両側に駐車スペースが並んでいるが、空いているスペースは一つもない。

「こういうときはたいがい、楕円広場に近い職員用駐車場に駐めることになって、乗り降りしているところを見つかろうものならデモ隊に野次られたり行く手を阻まれたりする」

合衆国国旗が半旗の位置で翻るホワイトハウス屋上に、シークレットサービスのカウンタースナイパー部隊の隊員が二人、霧雨がけぶるなか、見張りに立っている。サブマシンガンと高性能ライフルで武装し、戦闘服で身を固めた二人は、地上四階の高さにいるというのに、命綱一つ着けていない。私なら怖くて無理だ。ベントンによれば、屋上を歩き回る二人が携帯しているタブレットなどの電子端末に、偵察衛星のカメラや地上の監視カメラがとらえた映像が絶えず配信されているのだという。

リアルタイムの情報をモニターしながら、ホワイトハウス周辺のあらゆる人、あらゆる車両を目で追っている。その監視対象には、西エグゼクティヴ・アヴェニューを移動中のベントンの私有のSUVとそこに乗っている私たち二人も含まれている。私がホワイトハウスや国会議事堂を最後に訪れたのは一年近く前、一月六日の議事堂襲撃事件の日、私たちの国が軍の支配下に置かれたかに思えたあの日だ。

「あの程度ですんでまだ幸運だったんだなって、思い出すたびに考える」私は言った。車は駐車車両のあいだを歩くような速度で進む。観光客の姿がないのは、天候のせいばかりではない。

「車で出勤するたびにあの事件を思い出すよ」ベントンが言う。シークレットサービスの本部は、ここからほんの数ブロック先だ。「国内テロが心配になる。非主流派の過激派グループが次にどんな計画を思いつくかと不安だ」

そのとき、トロンが通りの真ん中に現れた。傘を差している。シークレットサービス所有の黒いエナメルのように艶やかなキャデラック・エスカレードの隣に私たちのために確保しておいてくれた駐車スペースへと誘導する。オレンジ色のコーンをどけ、駐車の邪魔にならない位置に立つ。ベントンはバックで車をスペースに入れ、エンジンを切り、それぞれ持ち物を集めて、私たちは車を降りた。

「ようこそ」トロンは快活に言って傘を差し出した。シークレットサービスの対テロ専門家で、ＣＩＡに終身出向しているとは、彼女の外見からはとても想像できない。大企業のＣＥＯやニュース番組のレポーターと言っても通りそうだ。美しくて健康そうな四十代のプロフェッショナルで、ついつられてしまうような笑顔の持ち主だ。黒に近い茶色の髪は耳の後ろにかけてある。

「あら、こんなものを運転していらしたんですか」トロンは、こんな車は初めて見たとでもいうように、ベントンのテスラを大げさな身ぶりでながめ回した。「きっと途中で充電し直さなくちゃならなかったのでは」

「そうなんだ、いつ電池切れになるかとはらはらしたよ」ベントンが真面目くさった顔で答えた。

「時速八十キロなんて、とても出ないでしょうね」

「かろうじて、といったところかな」ベントンはトロンの冗談につきあった。こういうときの彼女を見ていると、無邪気な人にも思えてくる。

しかし、よく観察するとその印象は変わる。爪を短めに切りそろえた力強い両手。シンプルな黒いスーツとオープンカラーの白いシャツの下に隠された筋肉質の体。足もとは、走って追跡するのにうってつけのローファーだ。ジュエリーなど、いざというとき邪魔になったり、奪われて武器に使われたりしそうな装飾品を身に着けているところは見たことがない。

トロンはコートを着ていない。おそらく私たちが到着するまではホワイトハウス内にいて、多くは何かに隠して設置されている監視カメラの映像をリアルタイムでモニターしていたのだろう。銃は持っているのだろうが、外からは見えない。身分を示すのは襟もとのピンだけだ。といっても、それを見ても何だかわからない人にとっては無意味だろう。

「無事にいらしてほっとしました。こんな車では恐ろしくてたまらなかったでしょうね」トロンは私に向かって言った。ベントンが車をロックする。「ところで」――これはベントンに向かって言う――「ここならお車は安全ですから」

「それなら安心だ」ベントンはキーをポケットに入れた。

政府車両がずらりと並ぶなかにまぎれたベントンの黒いSUVを離れて歩き出す。雨粒が傘を静かに叩いている。

「そういえば、最悪の事態に至らずにすんで幸いでした」トロンが私に向けて本題を切り出す。「だって、恐ろしい話ですよね。死者が出ていてもおかしくなかった」

間違いない。トロンは私がした軽率な行為を知っている。気のせいではなかった。私がどんな目に遭ったか、やはり知っているのだ。

「ええ、不幸中の幸いだったわ」私は認めた。「私は幸運だった。みんなが幸運だった」我ながら陳腐な感想だ。

「体調はいかがです?」トロンは社交辞令で訊いているのではない。何をするために呼ばれたにせよ、私がその仕事に耐えられそうか否かを確認しているのだ。決勝戦に臨むテニス選手やリングに上がろうとしているボクサーに体調を尋ねるのと同じだ。私は大丈夫と答えた。完全にふだんどおりとは言えないし、体力に若干の不安はあるかもしれないが、大丈夫だと。ベントンはあいかわらず私たちが招集された理由を知らないような顔をしているが、そんなはずはない。

「恐ろしい事態というのは、かならず最悪のタイミングで起きるものです」トロンは私の募る不安に応えるかのように言った。「さらに、あなたにいらしていただけないタイミングで起きたとなると大問題です。こうして支援にいらしていただけて、本当に心強く思っています」

トロンが言っている事態がどのようなものなのか、見当もつかない。ベントンと私に出頭を請うようなどのようなことが起きたにせよ、これまでのところは、私が中心的な役割を果たすことになると考える理由は何もなかったが、もしかしたら違うのかもしれない。私はベントンを見上げた。私たちは二人で一つの傘を差していた。私の手に重ねられた彼の手は温かい。彼の表情から内心は読み取れない。しかし、私がホワシークレットサービスは、毒入りワインの一件を把握している。

イトハウスに呼ばれたのは、そのためではない。ワインの一件があって、私がその悪影響を引きずっているとしても、それでもなお私はここに呼ばれた。そしてベントンはひとことたりともその理由には触れない。どんな事情があるのか、私に伝えるのは彼の役割ではない。職業柄、それはいつものことだ。

私たちの関係は長い。重要な情報を知らされずにいることに私は慣れている。私が彼にすべて話すわけにいかないときもあり、彼もそれに慣れている。私たちは、私の知るどんなカップルよりもコミュニケーションが欠如しているかもしれない。だからといって、彼に締め出されて不満がないわけではない。いまだってそうだ。

「リヨンから持ち帰ったワインの件、誰から聞いたの？」私はトロンに訊いた。夫に尋ねても答えないに決まっている。

「インターポールです」トロンは言った。雨がぽつぽつと降り始めていた。ホワイトハウスまではもう一ブロックもない。

通りには駐車車両と大型コンテナがびっしりと並んでいる。鉄の街灯柱でアメリカ国旗がはためき、制服姿の警備員が巡回している。木々の枝から雨のしずくが滴り、冬の冴《さ》えない色をした地面に花は一つも咲いていない。いつもは大勢の観光客がいるのに、今日は一人もいない。通り過ぎるのは地味なビジネススーツを着て傘を差した人々だけだ。

「事務総長のオフィスから今朝早く連絡がありました」トロンが言った。

トロンも終末《ドウームズデイ》委員会のメンバーで、私と同時期にインターポールを訪問していたのだ。連絡があって当然だろう。

「それに、あなたもベントンも大統領被任命者ですから」トロンが続ける。「アメリカ合衆国にも関係のある話です」

「本来の標的が誰だったのか、いまの時点では確定できない」ベントンが口をはさむ。「ケイではないし、ケイの周辺の誰かでもないだろうと私はほぼ確信しているがね」

「調査が進めば、狙われたのはガブリエッラ・オノーレだったと判明するのではないかと」トロンが言う。「ほかにもさまざまな事件、できごとが同時に起きています。〝ロシア・ファクター〟を考慮すれば、間接的にであれ、すべてがつながっている可能性も否定できません」

19

トロンはそれ以上は何一つ明らかにしようとしない。通行人の一人ひとり、ホワイトハウスのウェスト・ウィング入口の前に駐まった車両の一台一台に絶えず警戒の視線を走らせていた。いざとなればトロンは目にもとまらぬ速さで相手に手錠をかけ、地面に押し倒せる。トロンが射撃練習場のメタルプレートを撃ち倒し、ドライビングコースで車を超高速でかっ飛ばしている姿を見たことがある私が言うのだから、間違いない。

ベントンはトロンをプロフェッショナルの鑑《かがみ》と呼ぶ。黙々と任務をこなし、いつも冷静で、声を荒らげることはない。私たちはトロンの案内でウェスト・ウィング入口に向かった。錆色の細長いカーペットが敷かれた大きな白い日よけの下を歩き、アメリカ大統領の金色の紋章を頭上に見ながら、ガラスがはまった両開きの白い扉を抜ける。

トロンはなかに入ってすぐの傘立てに傘を置いた。左側に、私が前回来たときにはなかった木製キャビネットがある。なかに鍵付きの小型ロッカーが並んでいて、そこに電子デバイスを預けるようになっていた。なんだか矛盾した話だと私は思う。トロンとベントンは、私の分を含めて携帯電話とフィットネストラッカー、スマートウォッチをそこに預ける一方で、銃は携帯したままなのだから。

次のドアを抜けた先で、またも警備員に身分証を提示した。トロンはそのにこりともしない警備員と軽いおしゃべりを交わした。前回、私が来たとき以来、ホワイトハウスに何か変わったところはあるだろうか。私は周囲を見回す。ぱっと見たところでは大きく変わった点はなさそうだが、あえて言うなら、ほかの女性たちも私と同じようなパンツと歩きやすい靴を身に着けている。

その先に進むと、値のつけられない貴重な油絵が並んだロビーが開けている。幌《ほろ》馬車を連ねた開拓者たち、熱湯を噴き上げるイエローストーン国立公園の間欠泉〝オールド・フェイスフル〟。デラウェア川を舟で渡るジョージ・ワシントンの絵や、アメリカの風物を描いた絵は、前回来たとき見たまま変わっていない。

一般客用の受付エリアは、意外にも実用一本槍《いっぽんやり》のしつらえになっている。そこに大勢が集まっていた。儀式の前の華やいだ雰囲気などではなく、ビジネスライクな空気が漂っている。ほっと一息つけるようなスペースはほとんどない。コーヒーを運んできたり、コートを預かったりする係員もいない。家具や調度も、アメリカの最高権力者の仕事場とは思えないほど質素だ。

十一月最後の日、火曜の朝のホワイトハウスには、どことなく張り詰めた空気が漂っていた。トロンによれば、イギリス首相もあとで訪問予定だという。ウェスト・コロネードに面したドアの前にはＶＩＰツアーで訪れた教員のグループが集まっていた。中西部から来ているらしく、みな頬がゆるみっぱなしといった風情で、どこかおずおずと質問をしていた。

「〝四十五秒の通勤路〟とも呼ばれています」ツアーガイドがウェスト・コロネードについて説明している。「大統領の住まいであるエグゼクティヴ・レジデンスから大統領執務室《オーバル・オフィス》まで四十五秒で行けるからです。通勤途中にはローズ・ガーデンをながめられます……」グループはガイドの案内で外に出ていった。

ガイドら制服姿の職員は、ホワイトハウス軍務室（ＷＨＭＯ）に所属している。ＷＨＭＯ《ワーモ》は、接客や食事サービスの一切合切を運営している。救急医療も担当する。また、大統領専用リムジンから大統領専用機《エアフォース・ワン》、ホワイトハウス南庭に発着する専用ヘリまで、あらゆる輸送を管轄している。

特殊訓練を受けた軍職員が副官として大統領の補佐に就き、一日二十四時間、週七日体制であらゆる事態に対応する。つまりホワイトハウス内では軍将校や迷彩服の兵士の姿は日常の風景だが、それにしても今日は、まるで通勤時間帯の駅のようだった。書類を手にした人、電話で話し中の人、何やら急いでいる人、とにかく大勢があらゆる方角から集まってきている。

立ち止まって小声でやりとりしてから、じゃあまたあとで話しましょうと形式張らない約束をして消える人もいる。そうかと思えば、通り道を確保するため壁際に追いやられたふかふかの青いフォーマルなソファや椅子には、重要人物然とした訪問者が座っている。そのソファや椅子を除けば家具はほとんどない。テーブルの上の真鍮《しんちゅう》でできたアンティークのランプや、大昔からロビーにある金縁の大きな壁時計くらいだ。

独立戦争前に作られた美しい張り出し本箱には、稀覯《きこう》本や記念品が並んでいる。二十世紀初頭、セオドア・ルーズヴェルト大統領が住居と別に執務室を設けようと決めたころから今日までに、いったいどれだけの人がこのロビーを通り抜けたことかと考えると、歴史の重みを実感する。その誰もがベントンと私がたったいま通ってきた玄関からここに入り、特別扱いされることなく、ほかの人々と一緒にこのロビーで待ったのだ。

国家元首、王女、億万長者のバイオテクノロジー企業創業者、映画スターであろうと、ごくふつうの市民であろうと、政府高官との面会をここで一緒に待った。ただ、今日はその〝政府高官〟に大統領や副大統領は含まれないだろう。この国のトップ二人はいま、特定のことがらに手と時間を取られているのではないか。トロンが私をどこに案内しようとしているのか、なんとなく見当がついた気がした。

短い廊下の淡い黄色の壁には、大統領とファーストレディ、副大統領とセカンドジェントルマンのポスター大の写真が並んでいる。食料品を配っていたり、ワクチン接種を受けていたり。あるいは難民の子供たちや、事件の被害者、自然災害の被災者と面会している場面の写真もある。カーペット敷きの階段を三つ下ったところがこの建物の最下階だ。フライドチキンのにおいがした。

左手にある食堂《メス・ホール》にはやはり金色の大統領紋章が掲げられている。テイクアウト窓口が併設されていて、私もときおりサンドイッチを作ってもらう。食堂の入口前を通り過ぎざまになかをのぞくと、青いカーペットの海と、板張りの壁に並ぶ船舶の絵画がちらりと見えた。黒いスーツ姿のウェイター数人が、水など飲み物を用意して待機していた。

こぢんまりとはしているが優雅なこの食堂を運営しているのは海軍だ。金色のダマスク模様のクロスがかかったテーブルには花が生けられ、高級リネンとホワイトハウス特注の食器が並べられている。最高の料理でもてなすだけでなく、高官中の高官のために安全にも万全が期されている。大腸菌や毒物の混入などがあれば、政府が機能を停止しかねない。しかもこんな時代だ。警戒対象のリストは果てしなく続く。

時刻はそろそろ十一時になろうとしているが、食堂のテーブルについているのはまだほんの数人だ。公衆衛生局医務長官は、このところマスコミの注目を集めているミシガン州選出の若手議員とコーヒーを飲んでいる。大統領首席補佐官はカトリック教会ワシントンＤＣ教区の枢機卿《すうききよう》と懇談中だ。大統領報道官は、ドキュメンタリー番組『60ミニッツ』のレスリー・スタールと一緒に奥のほうの席に座っている。

そのなかで私の注意が引きつけられたのは、ドアに背を向けて座っている男性だった。せまい肩幅、突き出た耳、禿《は》げ頭《あたま》のうしろの部分にあるゴルバチョフ書記長のそれと似たポートワイン母斑に見覚えがある。なぜ彼がここに？　幸い、エルヴィン・レディのほうは私に気づかなかった。

アメリカ疾病予防管理センター《CDC》所長と何やら話しこんでいる。私はベントンをちらりと見た。彼がその視線をとらえて小さく肩をすくめた。

「新任のヴァージニア州保健局長官が何の用でここにいるのか、ご存じ？」私はトロンに訊いた。「ＣＤＣの所長と話しているようだけれど」私はそう付け加えた。野心にあふれたエルヴィン・レディは、さらに中央に近いポジションを狙っているに違いない。

大統領被任命者に選ばれようとしているのか。神様、お願いだから、彼を次のドクター・ファウチに――アメリカ大統領首席医療顧問になどしないでください。国民の健康を守るための政策を決定する地位にエルヴィン・レディのような人物を就かせるなど、考えただけで気が滅入《めい》るし、国民にとってそれ以上の災難はないだろう。マリーノの口癖が思い浮かぶ――〝一番上に浮くのはたいがいクソだ〟。

「まったくわかりません」トロンが答える。「二人が訪問者の名簿に載っていることと、合衆国保健福祉長官と面会の予定があることは知っていますが」

次の短い廊下をさらに進む。突き当たりの壁に赤い電話があり、その横に何も書かれていない木のドアがある。トロンがスキャンしてロックを解除し、私たちは危機管理室《シチユエーション・ルーム》に入った。手前にオープンスペースの受付エリアがあり、奥に関係者以外の立ち入りが禁じられた部屋がいくつかあって、最高機密を扱う会議がそこで行われていた。

アシスタントのマホガニーのデスクに立ち寄る。L字形をしたデスクには何台ものディスプレイが並び、まるで航空機のコクピットのようだ。門番のごときアシスタントは、粋な服装をして読書用眼鏡をかけていた。私のアシスタント、マギーに似ていなくもないが、こちらは横柄な感じがまったくない。トロンが私たちの名を告げると、アシスタントは私に微笑みかけた。

キーを叩く音をさせてアシスタントが名簿を確認した。ここには金属探知機はなく、服の上から身体検査を受けることもなかった。私のブリーフケースがまたも検査されたりもしない。その必要がないからだ。

至るところに監視カメラやマイクが設置されているのに加え、どこか見えない位置にスペクトル分析器もあるだろうと私はにらんでいる。その分析器が絶えずスキャンを繰り返し、ここまでの検問をすり抜けて持ちこまれた違法な監視機器が発する、認証されていない電波を探しているのは間違いないだろう。

この先には食品や水も持ちこめない。ゆうべ私の身に起きたことを考えれば、それはしかたのないことと納得がいく。しかし広く横行する脅威といえばスパイ行為だ。私はまたしてもグウェン・ヘイニーを連想した。私がホワイトハウスに呼ばれたのは、彼女のスパイ行為が理由なのではないか。とはいえ、オリュンポス山の神々のごとき顔ぶれの集まりに私が加わって、どんな役に立てるのかは疑問だ。

「JFKルームへどうぞ」アシスタントが私たちの行き先を案内する。私はずらりと並んだ閉ざされたドアを見回した。赤ランプが点灯しているのは、その部屋で会議が行われているしるしだ。

「大急ぎで来たつもりなのですが」私は弁解した。

「いつも渋滞がひどいうえに、いまはバリケードやあれやこれやがあちこちにありますからね」アシスタントはそう言ったが、今朝の私が何をするにも時間がかかっているのは、そのせいではない。私を形作っている分子がてんでんばらばらに動いているからだ。

ベントンが高脂肪の〝二日酔い解消ブレックファスト〟――チーズをたっぷり使った卵料理、バターを塗ったトースト、甘ったるいエスプレッソ――を食べさせてくれていなかったら、ホワイトハウスまで来られなかったかもしれない。あるいは、私など来ないほうがましだったとほかの人たちに思われただろう。頭に霞《かすみ》がかかったように考えがうまくまとまらず、記憶は空白だらけで、元どおり元気になったとはとうてい言えない状態だ。それでもどうにかするしかない。

「ちょうどいまから始まるところですよ」アシスタントはこのうえなく優しい。こういう人となら仕事がしやすいに違いない。「みなさん、あなたの到着をお待ちです」

きっと私の気にしすぎだろうとは思うが、アシスタントはゆうべのできごとを知っているかのような、私が事情を知らされないままでここに来ていることを知っているかのような目で私を見た。

あいにく、私たちの行き先にはコーヒーやお茶は用意されておらず、あるのは水だけ――アシスタントは、私の体調不良を感じ取ったかのようにそう付け加えた。私たちはコートを脱ぎ、すでに満杯のコートラックにかけた。閉ざされたドアの向こうに誰と誰がいるのか、全人類の繁栄に影響が及ぶようなどんな議論をしているのかはわからない。私の脳裏にエルヴィン・レディの顔がまたしても浮かんだ。

彼が何を狙っているにせよ、私はきっとそれを苦々しく思うだろう。しかしいまは彼のことを考えてエネルギーを浪費している場合ではない。私たちはトロンの案内に従ってまた別の廊下を進んだ。トロンは赤いランプが灯った別のドアの前で止まり、大きな部屋に入った。初めての部屋だ――写真では何度も目にしたことがあるが。総勢二十名くらいの人が席次に従って黒革の椅子に座っていた。

書類やミネラルウォーターのボトルがごちゃごちゃと置かれた細長い会議テーブルの上座に、アメリカ合衆国大統領がついていた。スーツのジャケットを脱ぎ、シャツの袖をまくり上げて、書類をめくりながら大量のメモを取っている。その右に副大統領が、左には国務長官が座っていた。緊張感とぎゅう詰めの人の体が発する熱で、部屋は暑いくらいだった。

データウォールには複数の動画が映し出されている。地球を周回する、見慣れない人工衛星の映像だ。まず、ロシアが租借しているカザフスタンのバイコヌール宇宙基地からソユーズ宇宙船が打ち上げられる映像。これには九月中旬のタイムスタンプがある。半球に近いガムドロップ形の帰還モジュールが、紅白のストライプ柄のパラシュートに吊られてゆっくりと降下してきてカザフスタンの砂漠に着陸し、土埃《つちぼこり》がたかだかと吹き上がる映像のタイムスタンプは、いまから数時間前だ。

シチュエーション・ルームを取り巻く映像はどれも迫力があって、思わず見とれずにはいられない。まるでミニ・タイムズスクウェアにでも来たようだ。この会合の趣旨が何なのか、ほんの一端ではあるが、察しがついた。宇宙空間で惨事が発生したのだ。具体的に何が起きたのかまではまだわからないが。それでも、人類の健康と安全に関わる何かであるのはおそらく間違いないだろう。そうでないなら、私が呼ばれた理由がわからない。

トロンがベントンと私を二つだけ空いた席に案内した。副大統領の左側に並んだ二席だ。副大統領は紺色のシンプルなパンツスーツにアンクルブーツという出で立ちで、私とそう違わない。

「お待たせして申し訳ありません」私はもう一度謝らなくてはならない気がした。

「ちょうど始めるところでした」副大統領は静かに言って私たちに笑みを向けた。

「みなさん、同じように大あわてで駆けつけてくださったの。お顔を見て、ほっとしました。ゆうべはたいへんだったのでしょう？　ご無事で何よりです」驚いたことに、副大統領はそう続けた。

私がインターポールから持ち帰った毒入りワインの一件を知っているのだ。しかし、この集まりの議題はそれではなく、副大統領はそれ以上その件には触れなかった。

「お役に立てれば幸いです」私はさほどの自信を持てないまま、副大統領に笑みを返す。

「ドクター・スカーペッタ、ベントン、急な話だったのに、来てくれてありがとう」大統領が口を開いた。私のほうは、いま集まっている全員を知っているわけではない。

それでも大半は知り合いだ。知人ではない相手も、顔を見れば誰なのかわかる。いま私を取り巻いているのは、この国の最高の権力者ばかりだ――国防長官、ＮＡＳＡ

長官、シークレットサービス長官、国土安全保障省長官、CIA長官、国防高等研究計画局（DARPA）長官。ヴァージニア、フロリダ、ニューメキシコ、カリフォルニア、マサチューセッツ、テキサスの各州選出の上院議員の顔も見える。テーブルをはさんで私の真向かいに座っているのは、アメリカ合衆国宇宙軍司令官のジェイク・ガナーだ。彼とは国防総省《ペンタゴン》で何度か一緒に仕事をしたことがある。『スター・トレック』風のネール・カラーがついた青い軍服のジャケット姿のガナー大将は、銀縁眼鏡に灰色のバズカットで思慮深いカーク船長といった風情だ。

私たちの目が合った。大将がうなずく。目の前の議題に全神経を集中しているのがわかる。大将はファイルの山に視線を戻した。虹のようにカラフルな印から、どれも機密文書なのだとわかる。隣席の高官が文書の一つの文言を指さした。

「到着前に何の情報もお伝えできなくてごめんなさい」副大統領が私に言う。「いま集まっている大半の人は、事前に何の説明もないままこのテーブルについています。たったいま宇宙で起きている異変について、ひとかけらの情報も漏らさないことがきわめて重要でしたので」

「そう、事実を把握できるまでは」ガナー大将は、副大統領と同じように、ベントンではなく私に向けてそう言った。「来てくれてありがとう、ドクター・スカーペッタ。状況を鑑みるに、申し訳ないが、何が起きているのか解明するのに、きみの力を拝借しなくてはならんようでね。こう言っても気を悪くせんでもらいたいのだが、それは決して縁起のよいことではない」

「ええ、よいニュースに関して私の協力が必要になることはまずありませんから」私は言った。

「大急ぎで事実を確認しなくてはならない――嘘八百《うそはっぴゃく》が世間に広まる前に、こちらが主導して的確なメッセージを発信するためには」大統領がそう付け加えた。これまでは疑いにすぎなかったものが、それで確信に変わった。

ベントンは何もかも知っている。進行中のこのドラマにおけるベントンの最大の役割は、私をこのテーブルに確実につかせることだった。もちろん、理解はできる。しかしだからといって、利用されたあげく不利な立場に置かれたような気がしないわけではない。事前にデータを提供されず、下調べができないままでは、私にできることは限られる。

「これからお見せするのは、『宇宙戦争』のようなパニックを誘発しかねない映像です」副大統領はそう言って一同を見回す。「一九三八年のラジオドラマはほとんどの方がご存じですよね。火星人の襲来を描いたH・G・ウェルズの小説を原作としたドラマです」副大統領がそう続け、一同がうなずく。

「事実がねじ曲げられて伝わったり、ありもしないできごとが報道されたりすると、大災害を引き起こしかねないことは、ここにいる誰もがよく知っていると思う」大統領が念を押すように言う。「八十年前に問題のラジオドラマを聴いた市民は、現実に起きていることと勘違いした」

「当時も大騒動になりましたが」副大統領があとを引き取る。「偽情報が組織的に流され、ソーシャルメディアが普及し、ネット上でプロパガンダ合戦が繰り広げられるこの時代には、どれほどの騒ぎになることか」

「『宇宙戦争』でパニックなど起きていないとのちに判明したのではありませんでしたかね」当時すでに生まれていた世代のカリフォルニア州選出の上院議員が発言した。「ロズウェル事件と同じで」一九四七年に異星人を乗せたＵＦＯがニューメキシコ州ロズウェルの農場に墜落したとされる事件のことだ。

「いやいや、政府による〝嘘っぱち認定〟こそ疑ってかかったほうがいいように思いますよ」墜落現場であるニューメキシコ州選出の上院議員が言った。

20

「〝嘘っぱち認定〟は、メッセージを変容させて、我々が国民に信じさせたいとおりに信じてもらう手段の一つでしょう」ニューメキシコ州選出の上院議員は、テーブルを囲んだ面々を見回した。「UFOの正体が気象観測気球なんてわけがない」

「実際はこういうことでしたといったん否定したら、それをまた取り消すのは不可能です」マサチューセッツ州の上院議員が歯切れのよいアクセントで言った。

「機密指定を解除された文書は、どれもUFOの写真だらけだ。何らかの説明がつけられたものもある。だが、大半は正体不明のままだ」国防長官が言った。

「歴史はどうです？」フロリダ州選出の上院議員が言う。「何千年も前の絵や彫刻に、宇宙船や宇宙人が描かれたものがいくつもありますよ」

みなが口々に意見を述べた。何を信じたらよいのか、真実は何か、何なら信じても安全なのか、もはや誰にもわからないといった風だ。私にしたってそれは同じだと考えずにいられない。データウォールに映し出される映像を見つめていると、まさに宇宙で迷子になったような気がしてくる。

「たったいま低地球軌道上で――地球の上空五百キロで起きている事態について話し合うとしましょうか」大統領は手もとのメモをめくった。「このニュースを国民にどう伝えるか、きわめて慎重にならなくてはいけない」

伝え方を誤れば、私たちは宇宙空間で地球外生命体の攻撃を受けていると思いこむ人々が出るだろう。今朝早く、宇宙人による最初の攻撃があったと誤解されかねない――NASA長官がそう付け加えた。私はとっさに自分の耳が信じられなかった。

「次は地球が侵略されると誤解される」DARPA長官が大まじめに言った。「実際にはそのようなことはまったくありそうにないのに」長官は、絶対にありえないとは言わない。私はあえてベントンの表情をうかがわなかった。

ベントンを見る私の目つきを誰かに見られたくない。もちろん、地球人類こそがこの宇宙に存在する唯一の生命だと思いこむほど、私は傲慢な人間ではない。しかし、まさかこんな議論に立ち会う日が来るなんて、想像すらしたことがなかった。しかもホワイトハウスの会議室で。

「攻撃を受けたとこの時点で断定はできない。仮にそうだとしても、誰から、あるいは何からの攻撃なのかはわからない」大統領がそう言い、私は驚いた。「いま言えるのは、何らかの惨事が発生したことだけだ」

私はまたもミネラルウォーターのボトルを取ってキャップをねじ切った。口のなかが乾いて、舌が上顎に張りついている。とにかく喉が渇いて、家を出発して以来、大量の水を飲んでいた。話が佳境に入る前に失礼して、化粧室に行っておけばよかったかもしれない。そのことを考えてはだめと自分に言い聞かせた。いつものことだと、トイレが使えない事件現場にいるだけのことだと思えば大丈夫だと。

大統領はテーブルの上で手を組み、まっすぐに私を見ると、ゆうべ発生したできごとについて話し始めた。東部標準時の昨日午後十一時二十七分、最高機密に位置づけられている軌道実験モジュールと、ヒューストンのNASA宇宙センターとの通信が途切れた。軌道実験モジュールにはアメリカ人とロシア人の男女二名の乗員がいた。

一人は研究員、もう一人はベテラン民間宇宙飛行士で、午前零時前に船外活動を開始して以降、呼びかけに応答しない。三人めの乗員、ジャレッド・ホートンは、ヴァージニア州在住のアメリカ人バイオメディカル研究員だ。以前にも宇宙滞在の経験はあるが、長期滞在のミッションはこれが初めてで、命からがら脱出したという。現在は地球に帰還しているが、中央アジアのどこかにいて、連絡がつかない。

「直接には話が聞けない状態で」NASA長官の説明は、先へ進むほど事態の深刻さを伝えてくる。「確実なのは、今朝三時ごろホートンが、十一週間前に三人が軌道実験モジュールに向かうのに使ったソユーズ宇宙船で、軌道実験モジュールから離脱したことだけだ。その後、無事にカザフスタンに着陸した」

その様子はデータウォールで確認できる。カザフスタンの乾いた大草原に、帰還モジュールが建物解体用の鉄球のごとく着陸する。続いてロシアのヘリが降下してきて、ヤマヨモギとハネガヤの草原から土埃がもうもうと立ち上る。

「最高機密なら」ヴァージニア州選出の上院議員が抑揚のあるアクセントで言った。「なぜロシアが関わっているんです？」

「一九九八年以来、宇宙ステーションではロシアとの協力関係を維持してきた」NASA長官が説明する。「我々はいまもソユーズ宇宙船を使っている」

ロシアの捜索救助チームの人員が焼け焦げたように見えるハッチを開けてホートンを助け出している映像がデータウォールに映し出された。座席ごと運び出されるホートンは、自分の頭も支えられずにいる。数ヵ月ぶりにのしかかった地球の重力に対応できないのだ。

「本人の言い分によれば、実験設備のある軌道モジュールと同僚乗組員二名に、大量の飛来物がぶつかったそうだ。ことによると、レーダーでは捕捉できない大きさのスペースデブリかもしれない」大統領は説明を続けた。「いわゆる〝宇宙ごみ〟であると確認が取れれば――放置された人工物体や何かの破片だと判明すれば、今回の被害は事故によるものということになる。しかし、いまのところ確認ができていない」大統領は一同の真剣な顔を見回す。

公然たる攻撃ではないとはまだ言いきれない。アメリカ合衆国の宇宙船が、故意に砲火を浴びせられたおそれを否定できない。二人が装備を身に着けるのをホートンが手伝った直後のできごとだという。二人は昨日午後十一時四十六分にエアロックから宇宙空間に出たとホートンは主張しているが、その時刻にハッチが開いた記録は残っていない。

ホートンはさらに、船外の実験プラットフォームに新しい電源装置を導入する作業をアシストするため、自分はロボットアーム操作ステーションに戻ったと述べた。二名の同僚乗組員が船外に出て手すり伝いに移動を始めたとき、救命索のフックが船体にぶつかるくぐもった音が聞こえたという。

次の瞬間、カメラと無線が使用不能になった。同時にごん、ごんという恐ろしい音が響いた。無数のハンマーが一斉に船体にぶつかったような音だった。

「実験プラットフォームとロボットアームが損傷し、ソーラーパネルがもぎ取られた」ロシアの救助隊にホートンが供述したとされる内容をNASA長官が伝える。

「いったい何が起きたのか、いまのところ確認のしようがない」大統領があとを引き取った。「何が起きたにせよ、いっさい記録されておらず、軌道モジュールとの通信も途絶したままだ。ホートンの証言が事実であれば、重傷を負った乗員二名が船外に取り残されているおそれもありそうだ」

傷の度合いはわからない。ジャレッド・ホートンが二人を放置して逃げ出したからだ。二人の救助のために自分にできることはないも同然だったと本人は主張している。きっと船体に穴が開いたに違いない、気圧が低下して空気が漏れ出すだろうと確信し、このままでは自分の命が危ないと怯えた。

「卑しむべき行為だ――負傷した同僚二名が死ぬかもしれないとわかっていながら船外に放置し、自分だけ脱出したのだとしたら」大統領が言った。

「あと三十三分で到着します」アメリカ合衆国宇宙軍司令官ガナー大将が告げた。リモコンを手もとに引き寄せながら、国際宇宙ステーション（ＩＳＳ）から救助クルーが派遣され、現在、通信が途絶した軌道実験モジュールに向かっていると説明した。データウォールに表示された動画のなかのＩＳＳは、漆黒の闇を背景に、磨き抜かれたティファニーの銀製品のように輝いていた。

太陽に照らされた四枚のソーラーパネルが溶岩のオレンジ色に輝く。そのはるか下に、青と白のビー玉のような地球が大きく見えている。シエラ・スペース社のドリームチェイサー宇宙船が、係留されていたドッキングポートから出発した。黒い耐熱保護パネルに守られて宇宙空間をすべるように遠ざかっていく有翼型宇宙船は、ミニサイズのスペースシャトルといった風だ。

データウォールのタイムスタンプを確かめると、宇宙船が出発したのはいまから一時間前だ。ガラスのコクピットにはISSの宇宙飛行士二名が乗っている。NASAで訓練を受けたアメリカのチップ・オーティズとフランスのアンニ・ジラールの二人で、ドリームチェイサーには追加の医薬品が積みこまれている――遺体収容袋も。

カーボンファイバー製のシートから浮遊してしまわないようハーネスをしっかりと締めた二人は、緊急時における加圧可能な白い船内与圧服とヘルメット姿だ。二人はディスプレイに表示されたチェックリストを確認し、ジョンソン宇宙センターのミッションコントロールセンターと連絡を取り合っている。

この時点ではまだ軌道モジュールは見えない。二人が目的地に到着したとき、軌道モジュールがどのような状態にあるか、誰にも予想がつかない。データウォールに表示された軌道モジュールのパネルは真っ暗で、カメラが損傷していっさいの映像が送られてきていないことを裏づけている。少なくとも私たちはそう聞かされている。

「軌道モジュールは実験室と居住スペースを兼ねている」ガナー大将が説明を続けた。

「人工衛星マップでは〝TO－1〟としか表記されていない」ベントンが私を見る。「業界の人間は〝ティー・オー・ワン〟と呼ぶ。TOはトール軌道モジュール《Thor Orbiter》を表す。同種の軌道モジュールの第一号だ」

「トール研究所――グウェン・ヘイニーが六週間前から働き始めた研究所だ」そう言ったのは、シークレットサービス長官だ。グウェンの殺害事件を発端とする騒動の大きさに、私は愕然とした。

この数時間、電話がひっきりなしに鳴り続けている。グウェンと接点のあった人々から次々と情報が寄せられている。新たな事実が判明するにつれ、グウェンに対する疑いはますます深まっていく。

「ベントン？」シークレットサービス長官がベントンに言った。「グウェン・ヘイニーが何を企《たくら》んでいたか、きみから説明してもらえないか」

「よからぬことを企んでいたようですね」私の夫は重々しい口調で言った。

グウェンは何社ものバイオメディカル企業を渡り歩いてきたと、ベントンは説明する。そうやって各社から情報を収集していた。最近になって、次に餌食となる企業に狙いを定めた。ベントンは続けて、元ボーイフレンドのジンクス・スレーターから聞き取った内容を説明した。私がルーシーから聞いていたとおりの話だった。

「すべての企業に共通しているのは、各国政府の——とりわけアメリカ政府の最高機密に指定された研究プロジェクトに取り組んでいたことです」ベントンは、シチュエーション・ルームに集まった有力者たちにそう話した。「彼女の名が報道されて以降に寄せられたのも、気がかりな情報ばかりでした」

グウェンは早くも次の高価値ターゲットに照準を定めていたらしい。テキサス州のインテュイティヴ・マシーンズ社だ。次世代月着陸船の開発を行っている会社だ。ちなみに、アメリカの最初の月着陸船は五十年前に作られた。新しい着陸船は小型の実験装置を月面に運ぶ。それにはグウェンの専門分野であるバイオメディカル技術の実験に必要な装置も含まれる。

「グウェンはインテュイティヴ・マシーンズ社から企業秘密をごっそり盗むつもりでいたようですね——ほかの社でもしたように」ベントンが言った。「みなさんご存じのように、次世代の月探査テクノロジーに関する情報は高い価値を持つ。ロシアや中国に対してだけではありません。競合他社にとってもです」

「しかし、流出のおそれはもうなくなったわけですね。それなら一安心だ」テキサス州選出の上院議員が言う。「もちろん、その女性が殺されたのを喜んでいるわけではありませんよ」だが、表情を見るに、内心では喜んでいるのかもしれない。

「ずいぶんと手慣れていたようだね」ＣＩＡ長官が言った。

「ええ、何年も前から続けていたと思われます」ベントンが応じた。「しかし、昨日の朝、元同棲《どうせい》相手から連絡があるまで、我々のレーダーには捉えられていませんでした」

ジンクス・スレーターは、グウェンが何らかの不法行為に関わっているようだと心配していた。彼女が殺されたのはそのせいだといまでは確信している。ベントンは新たな情報を次々と付け加えていった。まだ見つかっていないグウェンの携帯電話に、ジャレッド・ホートンがインターネット回線を利用して電話をかけていたことも判明しているという。

「軌道モジュールが機能不全に陥ってわずか数時間後のことです」ベントンが言う。

「二人が知り合いだと判明したのは——かなり深い関係があったとわかったのは、この電話があったからです」

「遺体は彼女だともう確認されているんですね？」国土安全保障省長官が私を見て言

った。

「ええ、今朝、検屍局のラボが歯ブラシなど自宅で押収された私物から採取したDNAと遺体のそれとを比較しました」私は応える。「ラピッドDNA型鑑定により、遺体は彼女だと確認されました。遺族にもすでに知らせました」

私は水のボトルのキャップを閉めた。近いうちに休憩になるといいのだが。

「彼女が殺害されたのは、金曜の夜で間違いないんだね。感謝祭の次の日で」ガナー大将が訊く。

「はい。現場での検死結果や周辺情報を考え合わせると、夕方遅くから夜の早い時間帯にかけてでしょう」私は詳細を説明し、一同は手を休めずにメモを取る。

「問題は、彼女に起きたことと、彼女が手を染めていたとされるスパイ行為とに関係があるのかという点だね」大統領が言った。「さらに重要なのは——ジャレッド・ホートンはどう関わっていたのか。本人が話そうとしない以上、知りようがない。話せないのか、話すつもりがないのか、どちらなのかはわからないが」

「私は偶然を信じないたちでして、大統領閣下、副大統領殿」ベントンは二人に向けて言った。「これが偶然であるとは思いません。宇宙で起きた今回の惨事は、グウェンが数日前の晩から行方不明になっていると報じられて二十四時間とたたずに発生しています」

ホートンが追い詰められて洗いざらいしゃべるのを待つしかない。変死事件は、どれほど厳重に守られていた秘密をも暴き出す。グウェンの隠し事もかならず明るみに出るはずだ。

「自分の罪もまもなく発覚すると悟ったのでしょうね」ベントンが言う。「二人が事実、不正行為を働いていたとすれば、グウェンの失踪を知って、ホートンは正常な判断力を失ったのではないかと。簡単に言えば、すばやく対応しなければ自分もただではすまされないと考えた」

「宇宙から彼女に連絡を試みたのは、彼女が電話に出るかどうか――すなわち彼女が本当に行方不明なのかを確かめるためだろう」FBI長官が言った。「それ以前はそのような形で連絡を試みたことはなかったのだから。宇宙に滞在していた三ヵ月のあいだに、彼女の携帯電話に連絡したのは今回の一度きりだ」

「足がつくとわかっていたでしょうね」トロンがうなずく。「それでもなりふりかまっていられなかった。すでに脱出プランを立て、しかも地上の私たちからは手を出せない場所にいた」

副大統領がメモから顔を上げた。静かな怒りが伝わってきた。

「ジャレッド・ホートンが軌道モジュールに乗る以前から、彼とグウェン・ヘイニーは連絡を取り合っていたのかしら」副大統領が訊く。「スパイ活動はいつから続いていたのか、これに関して手がかりは？」

「先ほども申し上げたとおり、軌道モジュール滞在中にやりとりがあった証拠は見つかっていません」ＣＩＡ長官が答える。「地上にいるあいだにプリペイド携帯などを介して連絡を取り合っていた可能性はあります。他人に知られたくない活動に従事している人々がよく使う手段です」

プリペイド携帯は、というより、あらゆる携帯電話は宇宙空間では使えない。トロンが一同にそう説明した。少なくとも簡単にはいかない。ホートンがグウェンと連絡を取ろうと考えたとしても、携帯電話という選択肢はなかった。

「いずれにせよ」ベントンが言う。「記録に残っている電話は、未明にノートパソコンからかけた一本だけです」

しかし、だからといって、グウェンがトール研究所で働き始めるまで二人につながりがなかったということにはならない。トール研究所に所属する研究員であり、民間宇宙飛行士でもあったホートンの口利きがあったおかげで、グウェンは研究所に採用されたのかもしれない。ベントンはそう考えている。

「グウェンはホートンの実動部隊だったのではないでしょうか。それもだいぶ以前から」トロンが言った。「グウェンはスパイ活動に関与しているほかのメンバーともつながりがあったのかもしれません。詳しいことはまだわかりませんが、ホートンはロシアに雇われてスパイ活動に従事していて、グウェンは企業秘密を盗み出してそれに協力していたことが明らかになるのではないかと」

「報酬は、現金など、出どころを追跡しにくい形で受け取っていた」ベントンが言う。「そう考えると、グウェンがあらゆる支払いを現金ですませていたことも、賃貸していたタウンハウスから拉致されたとき財布に五千ドルという大金を持っていたことも、説明がつきます」

（下巻につづく）

|著者| パトリシア・コーンウェル　マイアミ生まれ。警察記者、検屍局のコンピューター・アナリストを経て、1990年『検屍官』で小説デビュー。MWA・CWA最優秀処女長編賞を受賞して、一躍人気作家に。ケイ・スカーペッタが主人公の「検屍官」シリーズは、1990年代ミステリー界最大のベストセラー作品となった。他に、『スズメバチの巣』『サザンクロス』『女性署長ハマー』、「捜査官ガラーノ」シリーズなど。

|訳者| 池田真紀子　1966年生まれ。コーンウェル『スカーペッタ』以降の「検屍官」シリーズ、ジェフリー・ディーヴァー「リンカーン・ライム」シリーズ、ミン・ジン・リー『パチンコ』、ガブリエル・ゼヴィン『トゥモロー・アンド・トゥモロー・アンド・トゥモロー』、ジョセフ・ノックス『トゥルー・クライム・ストーリー』など、翻訳書多数。

禍根《かこん》(上)

パトリシア・コーンウェル｜池田真紀子《いけだまきこ》 訳

講談社文庫
定価はカバーに
表示してあります

2023年12月15日第1刷発行

KODANSHA

発行者――髙橋明男
発行所――株式会社　講談社
東京都文京区音羽2-12-21　〒112-8001
電話　出版　(03) 5395-3510
　　　販売　(03) 5395-5817
　　　業務　(03) 5395-3615

デザイン―菊地信義
本文データ制作―講談社デジタル製作
印刷――TOPPAN株式会社
製本――株式会社国宝社

Printed in Japan

ISBN978-4-06-529897-8

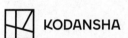

講談社文庫刊行の辞

二十一世紀の到来を目睫に望みながら、われわれはいま、人類史上かつて例を見ない巨大な転換期をむかえようとしている。

世界も、日本も、激動の予兆に対する期待とおののきを内に蔵して、未知の時代に歩み入ろうとしている。このときにあたり、創業の人野間清治の「ナショナル・エデュケイター」への志を現代に甦らせようと意図して、われわれはここに古今の文芸作品はいうまでもなく、ひろく人文・社会・自然の諸科学から東西の名著を網羅する、新しい綜合文庫の発刊を決意した。

激動の転換期はまた断絶の時代である。われわれは戦後二十五年間の出版文化のありかたへの深い反省をこめて、この断絶の時代にあえて人間的な持続を求めようとする。いたずらに浮薄な商業主義のあだ花を追い求めることなく、長期にわたって良書に生命をあたえようとつとめるところにしか、今後の出版文化の真の繁栄はあり得ないと信じるからである。

同時にわれわれはこの綜合文庫の刊行を通じて、人文・社会・自然の諸科学が、結局人間の学にほかならないことを立証しようと願っている。かつて知識とは、「汝自身を知る」ことにつきていた。現代社会の瑣末な情報の氾濫のなかから、力強い知識の源泉を掘り起し、技術文明のただなかに、生きた人間の姿を復活させること。それこそわれわれの切なる希求である。

われわれは権威に盲従せず、俗流に媚びることなく、渾然一体となって日本の「草の根」をかたちづくる若く新しい世代の人々に、心をこめてこの新しい綜合文庫をおくり届けたい。それは知識の泉であるとともに感受性のふるさとであり、もっとも有機的に組織され、社会に開かれた万人のための大学をめざしている。大方の支援と協力を衷心より切望してやまない。

一九七一年七月

野間省一

講談社文庫 最新刊

パトリシア・コーンウェル
池田真紀子 訳
禍根（上）（下）
ケイ・スカーペッタが帰ってきた。大ベストセラー「検屍官」シリーズ5年ぶり最新邦訳。

桃戸ハル 編・著
5分後に意外な結末
〈ベスト・セレクション 銀の巻〉
たった5分で楽しめる20話に加えて、たった5秒の「5秒後に意外な結末」も収録！

砂原浩太朗
黛家の兄弟
政争の中、三兄弟は誇りを守るべく決断する。神山藩シリーズ第二弾。山本周五郎賞受賞作。

田中芳樹
創竜伝 15
〈旅立つ日まで〉
竜堂四兄弟は最終決戦の場所、月の内部へ。大ヒット伝奇アクションシリーズ、堂々完結！

風野真知雄
魔食 味見方同心（一）
〈豪快クジラの活きづくり〉
究極の美味を求める「魔食会」の面々が、事件を引き起こす。待望の新シリーズ、開始！

森 博嗣
妻のオンパレード
〈The cream of the notes 12〉
常に冷静でマイペースなベストセラ作家の100の思考と日常。人気シリーズ第12作。

講談社文庫 最新刊

柿原朋哉
匿《とく》　名《めい》
超人気YouTuber・ぶんけいの小説家デビュー作！「匿名」で新しく生まれ変わる2人の物語。

いしいしんじ
げんじものがたり
いまの「京ことば」で読むと、源氏物語はこんなに面白い！冒頭の9帖を楽しく読む。

佐々木裕一
将軍の首
〈公家武者信平《のぶひら》ことはじめ㈿〉
腰に金瓢箪《きんぴょうたん》を下げた刺客が江戸城本丸まで迫りくる！公家にして侍、大人気時代小説最新刊！

輪渡颯介
闇　試　し
〈古道具屋　皆塵堂〉
幽霊が見たい大店のお嬢様登場！幽霊が見える太一郎を振りまわす。〈文庫書下ろし〉

瀬那和章
パンダより恋が苦手な私たち2
編集者・一葉《いちは》は、片想い中の椎堂《しどう》と初デート。告白のチャンスを迎え――。〈文庫書下ろし〉

朝倉宏景
風が吹いたり、花が散ったり
『あめつちのうた』の著者によるブラインドマラソン小説！〈第24回島清恋愛文学賞受賞作〉

深水黎一郎
マルチエンディング・ミステリー
密室殺人事件の犯人を7種から読者が選ぶ！読み応え充分、前代未聞の進化系推理小説。

海外作品

小説

ウェンディ・ウォーカー　池田真紀子 訳　まだすべてを忘れたわけではない
D・クロンビー　西田佳子 訳　警視の週末
D・クロンビー　西田佳子 訳　警視の挑戦
D・クロンビー　西田佳子 訳　警視の哀歌
D・クロンビー　西田佳子 訳　警視の謀略
D・クロンビー　西田佳子 訳　警視の慟哭
ウィリアム・K・クルーガー　野口百合子 訳　闇の記憶
P・コーンウェル　池田真紀子 訳　死層 (上)(下)
P・コーンウェル　池田真紀子 訳　邪悪 (上)(下)
P・コーンウェル　池田真紀子 訳　烙印 (上)(下)
マイクル・コナリー　古沢嘉通 訳　燃える部屋 (上)(下)〈シリーズ25周年記念エッセイ収録〉
マイクル・コナリー　古沢嘉通 訳　贖罪の街 (上)(下)
マイクル・コナリー　古沢嘉通 訳　訣別 (上)(下)
マイクル・コナリー　古沢嘉通 訳　レイトショー (上)(下)
マイクル・コナリー　古沢嘉通 訳　汚名 (上)(下)
マイクル・コナリー　古沢嘉通 訳　素晴らしき世界 (上)(下)
マイクル・コナリー　古沢嘉通 訳　鬼火 (上)(下)
マイクル・コナリー　古沢嘉通 訳　警告 (上)(下)
マイクル・コナリー　古沢嘉通 訳　潔白の法則 (上)(下)〈リンカーン弁護士〉
マイクル・コナリー　古沢嘉通 訳　ダーク・アワーズ (上)(下)
マイクル・コナリー　古沢嘉通 訳　正義の弧 (上)(下)
ジェーン・シェミルト　北沢あかね 訳　ナオミ
L・チャイルド　小林宏明 訳　パーソナル (上)(下)
リー・チャイルド　青木創 訳　ミッドナイト・ライン (上)(下)
リー・チャイルド　青木創 訳　葬られた勲章 (上)(下)
リー・チャイルド　青木創 訳　宿敵 (上)(下)
リー・チャイルド　青木創 訳　奪還 (上)(下)
リー・チャイルド　青木創 訳　消えた戦友 (上)(下)
ハックスリー　松村達雄 訳　すばらしい新世界
アリス・フィーニー　西田佳子 訳　ときどき私は嘘をつく
ルシア・ベルリン　岸本佐知子 訳　掃除婦のための手引き書〈――ルシア・ベルリン作品集〉
C・J・ボックス　野口百合子 訳　狼の領域
C・J・ボックス　野口百合子 訳　冷酷な丘
C・J・ボックス　野口百合子 訳　鷹の王
ジョージ・ルーカス著　上杉隼人 訳　スター・ウォーズ〈エピソードIV 新たなる希望〉
ジョージ・ルーカス原作　ドナルド・F・グルート著　杉山まどか 訳　スター・ウォーズ〈エピソードV 帝国の逆襲〉
ジョージ・ルーカス原作　ジェームズ・カーン著　上杉隼人 訳　スター・ウォーズ〈エピソードVI ジェダイの帰還〉
J・J・エイブラムス他原作　アラン・D・フォスター著　上杉隼人 訳　スター・ウォーズ〈フォースの覚醒〉
ジョージ・ルーカス原作　テリー・ブルックス著　稲村広香 訳　スター・ウォーズ〈エピソードI ファントム・メナス〉
ジョージ・ルーカス原作　R・A・サルヴァトーレ著　上杉隼人／大島資生 訳　スター・ウォーズ〈エピソードII クローンの攻撃〉
ジョージ・ルーカス原作　マシュー・ストーヴァー著　上杉隼人／上原尚子 訳　スター・ウォーズ〈エピソードIII シスの復讐〉
ジョン・ノール他原作　アレクサンダー・フリード著　上杉隼人／有馬さとこ 訳　ローグ・ワン〈スター・ウォーズ・ストーリー〉
ライアン・ジョンソン原作　ジェイソン・フライ著　稲村広香 訳　スター・ウォーズ〈最後のジェダイ〉
ローレンス・カスダン　ジョナサン・カスダン原作　ムア・ラファティ著　稲村広香 訳　ハン・ソロ〈スター・ウォーズ・ストーリー〉
J・J・エイブラムス他原作　レイ・カーソン著　稲村広香 訳　スター・ウォーズ〈スカイウォーカーの夜明け〉

2023年9月15日現在